꼰대는 어디서 와서 어디로 가나

박장호 칼럼

꼰대는 어디서 와서 어디로 가나

암각화와 함께 읽는 박장호 칼럼

Prologue

나는 인생을 열심히 살았다고 생각한다. 간혹 일탈을 한 적도 있고 봄바람 좋은 날 음풍농월을 한 적도 여러 번 있지만 나름 열심히 살았다고 자평한다.

그런대로 주위의 기대도 벗어나지 않았고 우리 사회가 인정하는 모습을 보여왔다고 생각한다. 그렇게 살아온 나의 모습이 꼰대라는 이름으로도 불리는 사람과 아주 유사하다는 것을 어느 날 깨닫고 충격을 받았다. 그리고 이런 충격은 외부에서 어떤 때는 내부에서 마그마처럼 시도 때도 없이 터져 나오기도 했다.

내가 잘못된 것인가? 세상이 잘못된 것인가?

　내 주변에 대해 마음과 느낌을 표출한 글들을 두서없이 엮은 것이 이 책이다. 내용이 부실할까 봐 출판사 대표님이 아주 귀한 암각화 사진들을 같이 실어 주셨다. 깊은 감사를 드린다. 동북아 암각화는 서구 미술, 중국 미학과는 다르지만 찬찬히 들여다보면 또 다른 장르의 예술세계를 느낄 수 있을 것 같다.

　열심히 살았으나 꼰대가 되어 버린 모든 이들과 같이 보고 싶다. 커피 한 잔을 같이 마시면서.

꼰대는 어디서 와서
어디로 가나

암각화와 함께 읽는
박장호 칼럼

선사시대 예술의 보고인 알타이 암각화는

주로 청동기시대에 만들어진 것이 많다. 당시 알타이 지역에 살았던 인류의 조상들이 삶의 간절함을 그림으로 표현한 것으로 사상 철학 예술의 집합체라 한다.

암각화를 새길 때 가장 먼저 그림의 주제를 생각하겠지만, 바위를 선택하는 일도 상당히 중요하다. 아무리 바위가 잘 생겼어도 몇 가지 조건이 맞지 않으면 암각화를 새기지 않았기 때문이다.

우선 바위가 그림을 새기기 좋게 어느 정도 바닥이 거칠지 않고 반듯해야 한다. 또 바위가 그림의 주제와 어울리는 방향으로 있어야 한다. 해가 뜨는 쪽은 생명이 탄생하는 방향이고, 남쪽은 생명을 키우는 방향이라고 생각했는지, 암각화 대부분이 동쪽이나 남쪽을 향하고 있다. 가끔 서쪽이나 북쪽을 향하는 그림도 있다. 북쪽을 향하는 그림들은 사후 세계와 관계된 종교적인 측면이 있을 것으로 생각된다.

우리나라 반구대 암각화가 그 예가 될 수 있다. 바위를 선택할 때, 일부 지역에서는 특별히 고려한 한 가지 조건이 있다. 즉 바위가 검은색을 띠고 있어야 한다는 것이다. 검은 바위는 신이 선택한 바위로서 거기에 벼락을 내렸고, 그래서 검은색을 띠게 되었다고 한다. 그때부터 신의 특별한 기운이 스며있는 영험한 바위가 되어서 사람들의 신앙의 대상이 되었다. 세월이 지나 그 바위에 암각화를 새겼고, 그래서 암각화에는 신의 영험과 영혼이 깃들어 있다고 믿게 되었다. 우리도 벼락 맞은 대추나무를 귀하게 여기는 풍습이 있는 것처럼 말이다.

어떤 암각화는 배치도 재미있다. 주인공은 약간 윗부분 중앙에 그렸고, 조연은 약간 아래에 그렸다. 권투시합처럼 보이는데 아닐 수도 있다. 글러브처럼 보이는 물건이 상대방의 몸에 닿지 않았기 때문에 싸우는 것이 아닐 수 있다. 어쩌면 털 뭉치를 멋지게 만들어서 어떤 춤이나 놀이 같은 것을 하고 있는지도 모를 일이다.

알타이 암각화를 보고 있노라면 피카소와 같은 세계적인 화가들이 암각화에 열광하게 된 이유를 알 것도 같다.

암각화와 함께 읽는 박장호 칼럼

종이로 만든
짱돌

짱돌이란 말이 주는 어감은 돌멩이와 비교하여 상당히 강력하다. 돌멩이는 중립적 어감으로 건축자재로 쓰일 수도 있고 조각의 소재로 쓰일 수도 있으며 투석전의 무기로 쓰일 수도 있다. 80년대에 대학을 다닌 나에게 짱돌은 체제에 저항하는 학생들이 유사시 자기를 보호하기도 하고 분노를 쏟아내기도 했던 보도블럭을 깨어 만든 돌멩이다. 종이로 짱돌을 어떻게 만들까? 만약 종이를 짱돌처럼 만들어 던진다면 맞는 사람은 돌멩이로 맞는 것보다 더 아플까?

1970년에 시인 김지하는 장관과 국회의원 재벌 등을 을 사5적에 빗대어 풍자한 시를 『사상계』에 발표한다. 정당성이 약했던 정부의 체감은 대포가 날아든 것보다 더 심해 대책 회의가 열려 김지하는 구속되고 『사상계』는 폐간된다. 김지하의 글이 『사상계』라는 종이 위에 실려 짱돌이 되어 날아간 것이고 충격은 상당했던 것이다.

역사적으로 볼 때 더 강한 짱돌이 날아간 적이 있다. 독일 신학자 루터는 1517년에 로마교황청의 면죄부 판매를 비판하는 95개 조의 반박문을 독일의 한 성당에 걸어버린다. 이 반박문은 곧 독일 전역에 퍼져 로마교황청이 흔들리게 된다. 거기에다가 기존의 라틴어 성경을 독일어로 번역해 버린다. 독일 국민 누구나 성경을 읽을 수 있게 되면서 신부들의 성경에 대한 독점적 해석권이 깨져 버린 것이다. 이 짱돌은 가톨릭에 반대하는 개신교를 촉발하게 된다.

3·1운동도 가장 중요한 것은 우리가 자주 국민임을 선언

한 「대한독립선언서」가 3천리에 퍼지면서 만세운동과 같이 시너지효과를 일으킨 것이라 생각한다. 종이로 만들던 짱돌을 방송이 대체하기 시작하던 시절이 왔다. 국회의원이 졸다가 망원렌즈에 잡히면 거의 매장 수준이 된다. 공장에서 장마철에 오염수를 몰래 버리는 것이 TV에 잡히면 그걸로 끝이 나는 시절이었다. 이제 4차산업이 되면서 신문과 방송만 짱돌을 만드는 시대는 지나가고 페이스북, 카카오톡, 인스타그램도 아주 무서운 짱돌을 만들어 낸다. 인터넷에 한 번 잘못 올라가면 실시간으로 지구 반대편까지 망신살이 뻗친다.

최근에는 코로나 사태로 밖에 못 나가고 집에서 보드카만 마시던 러시아 스포츠 스타가 가정폭력을 휘두른 것을 아내가 인스타그램에 올렸다. 전 세계가 분노했는데, 인스타그램이 약자의 보호자 역할을 한 것이고 남편을 향해 짱돌을 세게 날린 것이다.

그런데 이런 SNS가 상대편을 가학하는 형태로 돌멩이를

날릴 수 있다. 댓글을 달아서 상대방을 노이로제에 빠지게 하든가 꼴보기 싫은 사람에게 문자폭탄을 날려서 아예 정신을 못 차리게 만드는 것이다. 한 번 당해본 사람은 말 그대로 멘탈이 붕괴 되어 버린다. 좀 더 심해져 상대방의 약점을 잡아내고 주위에 알리겠다고 협박하는 경우 SNS로 만든 짱돌은 칼보다 더한 흉기가 되어 버린다. 자기 의지로 하는 SNS에 이러쿵저러쿵 할 입장도 아니고 들을 세대도 아니지만 하나만 자각하고 엔터키를 치면 된다. 자연법적 저항권의 상징이었던 종이 짱돌이 잘못하면 독화살이 될 수도 있다는 것을.

꼰대는 어디서 와서
어디로 가나?

어떤 사람에 대한 평을 할 때 꼰대라는 말처럼 확실하게 한 방에 보내 버리는 말은 찾기가 어려운 것 같다. 참으로 강력하고도 정확하게 사람의 특징을 Describe하여 보내 버리는 말인데 이 말은 어원이 어디일까?

여기저기 찾아봐도 명확한 유래는 알기 어려운데, 여러 가지 지식을 모자이크해 보면 번데기를 뜻하는 경상도 사투리인 꼰데기가 나이 드신 분들의 주름과 닮았다 하여 꼰대가 나왔다는 것이 1설이다. 나이 들어 피부에 콜라겐이 감소하면 쭈글쭈글 주름이 지는 것은 노화의 당연한 과정인데 이를 번데기의 주름과 매치시켰으니 관찰력도 놀랍고, 좋게 보면 문학적 해학이 돋보이고 나쁘게 보면 아주 가학적이다.

2설은 임진왜란 이후 조선에 수입된 담배를 피우는 곰방대에서 유래했다는 설이다. 담배가 기호품으로 수입되면서 곰방대라고 불리는 담뱃대가 제작되었다. 먼저 대통이라 불리는 조그만 병뚜껑 같은 곳에 담뱃잎을 재어 불을 붙이고 30cm 정도 길이로 담배 연기가 통과하는 설대라는 부분을 만들고 마지막으로 입으로 흡입하기 위해 물부리라고 불리는 트럼펫 같은 관악기의 리드 부분이 있는 구조였다.

재력이나 위세가 있는 사람들은 서민들이 보통 대나무로 만드는 설대 대신 구리나 은, 심지어 금이나 옥으로도 만들어 담배를 피웠으니 먹고 살기도 힘든 시절에 담배를 피운

다거나 그것도 화려한 곰방대로 피운다는 것은 아주 있어 보이는 일이었다. 이런 분들이 아랫사람이나 젊은 사람들에게 한번 말을 꺼내면 대화가 아니라 곧 훈계가 되는 것이고 곰방대에 담배를 쟁이면 보통 20-30분 정도는 피우니 유교 문화에 따라 고개를 조아리고 있는 아랫것들은 참으로 무릎이 저리고 짜증이 나는 일이었을 것이다. 듣는 태도가 불량하면 곰방대는 하시라도 머리 위로 떨어지는 망치가 될 수 있으니 이 곰방대로 향로를 땅땅 때려가면서 말씀하시는 그런 분들이 꼰대로 진화되었다는 설이다.

3설은 좀 더 글로벌하다. 조선이 일본에 병합되고 난 후 일본은 회유책으로 조선의 대신들에게 귀족의 작위를 내리고 일본 귀족으로 편입을 시도한다. 서양 귀족 체계를 그대로 따랐던 일본은 공작, 후작, 백작, 자작, 남작의 작위와 은혜로운 돈이라는 은사금을 조선의 지도층에 있는 양반 76명에게 내렸다. 조선 황제는 왕으로 격하하여 봉하고 공작은 해당자가 없고 후작 이후 남작까지 내린 작위 중 백작이 일반 민초에게 제일 잘 통칭되었다 한다. 백작은 불어에서 유래한 영어인 comte로 불렸는데 이 꼼테들이 새로운 가버넌스의 통치체제에 편입된 후 어깨에 힘을 잔뜩 주고 이래라저래라 하면서 지시를 하였다 한다. 꼼테 밑의 마름이나 청지기들은 자기들보다 밑의 하층민이나 민초들에게 눈에 힘을 주고 지시하면서, 그 발어사로 "우리 꼼테께서 말씀하시길…"하면서 소작농들을 부렸다 한다. 마름도 보기 싫은데 꼼테는 얼마나 보기 싫었을까? 그 꼼테가 꼰대가 되었다 설이다.

무엇이 맞는 학설일까? 타임머신을 타고 돌아가서 확인해 볼 수 없으니 단정할 수도 없고 국어학자께 여쭤 고증할 것까지는 아닐 것 같아 짐작만 하고 만다. 며칠 전 강남역을 지날 때 어떤 젊은 분이 "아버님 여기에 서명 한번 해 주시고 가시면 안 돼요?"라고 했다. 아직 마음은 22살, 대학교 3학년인데, 이 자가… 아버님이라니! 분노가 단전으로부터 올라오는 순간이었는데, 이런 일이 두 번째였는지라 감정 조절과 표정 관리에는 성공했다.

약 30년 전 20대 홍안의 얼굴로 도처에서 쿵쾅거리는 심장의 박동소리를 들으면서 캠퍼스의 여기저기를 다녔다. 그때의 그 기억과 이미지 중 어떤 것들은 이상하게도 바로 전일처럼 너무나 선명하다. 심지어 그와 그녀가 했던 목소리의 톤까지도 명징하게 각인되어 있는 경우도 있다. 메뚜기로 좌석을 잡던 도서관과 400원짜리 학생식당, 고민과 좌절, 생동하는 5월, 중앙도서관 옆 라일락의 향기마저 지금처럼 느낄 수 있는데 바람은 나에게 30년이 흘렀다고 속삭인다.

항상 어리게만 봤던 90학번 후배가 막걸리잔을 앞에 두고 "형님, 저도 이제 50이 되었어요."라는 말을 했을 때 심장이 멎는 줄 알았다. 네가 50이면 나는 얼마지? 어머나! 기성세대는 다 구체제라 정의하고 모든 압박과 간섭을 거부하고 혜택마저도 의심의 눈초리로 쏘아보며 다녔는데 이제 내가 그때 규정지었던 그 구체제에 이미 진입해 있다니!! 마냥 녹두거리에서 Killing Fathers Spirit으로 대학원생만 봐도 세대차이가 느껴지는 노땅으로 취급했던, 가슴에서 마그마가 분출하던, 그때가 바로 어제 같은데!

사회대 건물을 교수 친구와 걸어갈 때 아무도 인사하는 학생들이 안 보였다. "너, 그런데 테뉴어Tenure 교수 맞냐? 왜 아무도 인사를 안 하지? 선배이자 선생님인데…"라는 내 말에 그 친구는 요즘 학부생들은 인사를 안 한다고 했다. 그리고 그런 것을 학생들에게 가르쳐 주기도 싫다고 했다. 지적질이나 꼰대질로 오인되어 들이닥칠 후폭풍이 싫고…. 남의 예를 논하여 내가 혹시 잘못했을 때 잘잘못이 들춰지는 것이 무섭다고 했다.

꼰대가 업그레이드 되면 멘토가 된다. 스펙도 되고 콘텐츠도 되는 사람들이다. 무엇보다 인품에 재력도 되어 커피라도 한잔 사 주면서 미래를 점잖게 코칭해 줄 수 있는 사람이다. 우리 사회에서는 만나기가 쉬운 일이 아니다.

꼰대가 한 번 더 다운그레이드 되면 틀딱이 된다. 청하지도 않았는데 내용 없는 말을 아무에게나 뿜어내며 커피까지 얻어 마시려 들면 틀니가 딱딱거리는 모습과 비슷하다고 하여 붙여진 말이다. 이 말은 파괴력이 꼰대보다 훨씬 더

크고 강력하다. 나는 멘토일까? 꼰대일까? 틀딱일까?

시절도 수상한데 머리가 복잡해진다. 중도 옆 라일락은
언제 피려나!

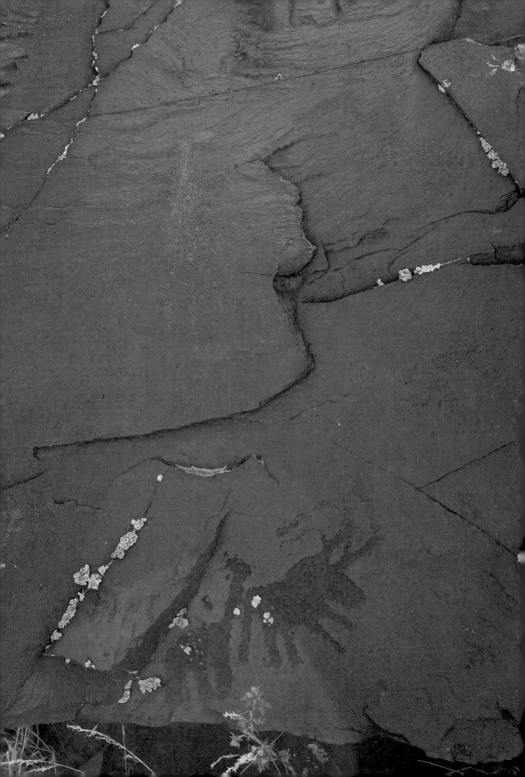

박 사무관,
공무원의 소신은 어디서 나와?

대부분의 부처가 세종시로 이사를 갔다. 일용할 양식만 있으면 그만두고 싶다는 후배들도 생기기 시작했다. 간혹가 다가 영혼 없는 공무원이라는 말도 등장한다. 소신은 본래 없는 것이고 생물학적 뇌는 있으나 영靈과 혼魂이 없다는 것이다.

내가 대한민국 최고 약체기관에 첫 발령을 받아 근무하

던 병아리 시절이다. 어리버리하면서 일을 배우는 상황이었고 때로는 너무 과감하게 좌충우돌하면서 젊은 피의 온도를 조절하지도 못하던 시절이었다. 지방 근무였으니 야전군 소대장이었고 아침 9시 커피타임을 겸한 회의가 있었다. 뭐 대단한 정책을 논의하는 게 아니라 무슨 일이 언제 있었고 상부에서 이런 지시가 있었다가 주요한 회의 내용이고 간혹 누구는 어떻고 하는 식의 가십이 훨씬 비중을 차지하는 회의였다.

병아리에 보슬보슬한 털이 날 때쯤, 말귀가 약간 통하게 되었을 때쯤 지금도 존경하는 나의 첫 직장 상사가 커피타임 때 물은 말이 "박 사무관, 공무원의 소신이 어디서 나오는 것 같아?"였다. "글쎄요, 자기 철학이나 신념 이런 것 아닐까요?" "역시 젊군… 음… 공무원의 소신은 빽에서 나오는 거야!" 하나에서부터 열까지 배우던 믿음직한 직장 상사로부터 그런 말이 나올 줄은 나는 상상을 못했다. 소신이 배경에서 나온다는 말이 무슨 뜻일까?

그로부터 한 달쯤 지나 아주 인포멀한 모임에 참석하게
되었고 처음 보는 사람들이었지만 속내를 다 말하는 사람
들의 모임에서 아주 즐거운 시간을 보냈다. 모임 종료 직전
항상 그렇듯이 좌장이 마지막 마이크를 잡았고 한 말씀 하
신 것이 "공무원은 줄이 제일 중요한 것이다. 따라 해라! 줄
을 잡자!" 이것은 도대체 무슨 시추에이션일까? 이분은 한
술 더 떠서 줄을 잡는 모션까지 하셨는데 혈기방장한 20대
사무관으로서는 참 어이없는 상황을 목도한 것이었다.

　야전에서 허가를 내주는 자리에서 2년을 근무했다. 법과
원칙에 부합해야 하지만 내 볼펜 끝에서 허가권이 나가니
사업자한테는 갑이었는데 부탁을 받는 경우도 있었고 압력
이 들어오기도 했다. 두 업체가 경합할 때 사업자들은 자기
가 떨어지면 그냥은 안 넘어가겠다고 은근 각오를 비쳤다.
내 뒤에는 누구누구가 있다고! 항상 뒷골이 뻐근했다. 작두
위에서 춤추는 느낌이 들 때도 있었다. 직원들은 간혹 물었
다. 검찰이나 청와대에 친구들 있으시냐고?

부처를 총리실로 옮기게 되었다. 밑에서 위를 올려다보던 입장에서 위에서 아래를 내려다보는 위치로 바뀐 것이다. 큰 권한은 없었지만 산 위에서는 아래 사람들이 잘 보였다. 저 길로 가면 낭떠러지인데… 아! 저분은 저래서 공직을 떠나시는구나. 저 사람은 참 오뚝이처럼 잘 버티네 하는 것들이 연륜이 흐르면서 저절로 눈에 들어왔다. 그러면서 공무원의 소신이 어디서 나오는지 약간은 감이 오기도 했다. 믿음직한 친구가 검찰에 버티고 있어 준다든가, 단결력 있는 고교 동문회나 향우회가 청와대에 있다든가 감사원에 있으면 최소한 억울한 피해는 안 당한다. 내가 잘못하지 않았다는 것을 호소할 데는 최소한 있는 것이다. 박 국장, 공무원의 영혼은 어디에 있는 걸까?

기획재정부 〈2017세법개정안〉과
〈댓글 이벤트〉

중국 주周나라 말기부터 한漢나라까지의 예에 관한 학설을 모은 유교 경전 중의 하나로 대성戴聖이 지은 『예기禮記』라는 책이 있다. 그 책의 「단궁檀弓」 하편에 세금 관련 유명한 어록이 된 "가정맹어호야苛政猛於虎也"가 유래한 일화가 실려 있다. 가정이란 가혹한 정치, 민초의 고혈을 짜는 듯한 세금을 뜻하는 것이고, 그것은 호랑이보다 더 무섭다는 뜻이다.

춘추전국시대 세상을 떠돌며 자신의 정치철학을 설파하던 공자가 노나라의 혼란 상태에 환멸을 느끼고 제나라로 가던 중 허술한 세 개의 무덤 앞에서 슬피 우는 여인을 만났다. 사연을 물은 즉 시아버지, 남편, 아들을 모두 호랑이가 잡아먹었다는 것이었다. 이에 공자가 "그렇다면 이 곳을 떠나서 사는 것이 어떠냐"고 묻자 여인은 "여기서 사는 것이 차라리 괜찮습니다. 다른 곳으로 가면 무거운 세금 때문에 그나마도 살 수가 없습니다."라고 대답하였다. 이에 공자가 "가혹한 정치는 호랑이보다도 더 무섭다는 것을 알려주는 말이로다."라고 하였다.

증세를 반대하는 사람들은 주로 이 고사를 인용하여 세금은 호랑이와 같은 것이니 세금을 함부로 올려서는 안 된다고 한다. 내가 세금을 많이 내는 것도 싫고 국가가 세금을 많이 걷는 것은 경제 활력을 떨어뜨리는 것이니 작은 정부가 좋다는 철학의 밑바탕이다.

서구에서 산업혁명 이후 초기 자본주의가 발달하던 시

대에는 정부 역할이 치안 정도만 유지하면 되던 시절이었다. 도둑 잘 잡고 국가 방위만 어느 정도 하면 경제는 보이지 않는 손에 의해 자동적으로 잘 돌아가고 세상은 저절로 조화가 이루어진다고 믿었다. 세금도 지금처럼 높지 않았고 내가 돈을 많이 버는 것은 나의 노력과 창의를 신神이 인정해 주는 것이니 나의 부富는 신의 은총을 증명하는 것이었다.

중국과 우리나라는 전형적인 농업국가로 전제왕권이 통치하던 사회였기에 세금으로 관官에서 얼마를 떼어가던, 그것은 왕과 관료가 정할 것이지 민초가 감히 세율이 높다 낮다 왈가왈부할 것이 아니었다. 토색질을 견디다 못해 반란을 일으켰다 잘못되면 3족이나 9족이 멸문지화를 당할 수 있으니 참는 것이 최선이던 시절이었다.

1917년 러시아에서 공산주의 혁명이 일어났다. 서구 자본주의는 빈익빈 부익부, 양극화라는 치명적인 문제를 노정하여 뒤집어질 것이라는 마르크스의 말이 실현된 것이다.

1929년에는 시장 자본주의의 총아인 미국경제가 휘청거렸다. 대공황으로 미국인 4명 중 1명이 실업자로 전락하고 사회 전체가 무너지기 일보 직전으로 몰렸다.

이때부터 서구사회와 미국정부는 자유방임주의적 국가관을 버리고 본격적으로 시장에 관여하여 시장 실패를 보완하기 시작한다. 양극화가 된 사회를 방치하거나 대공황을 해결하지 못하면 체제가 붕괴될 수 있다는 위기감이 팽배해진 것이다. 무상교육과 무상의료체제를 도입한 것에서 진일보하여 저소득층과 사회적 약자를 배려하기 위한 사회안전망 확충에 나서기 시작한다. 이런 복지국가의 등장은 필수적으로 증세를 동반했고 사회의 각 부분에 정부예산이 점점 더 투입되게 되고 이는 선거민주주의와 결합되어 더 많은 복지에 대한 욕구 분출로 이어졌다.

민생의 입장에서는 피와 같다하여 혈세血稅라 불리지만, 서로 상생하는 공동체를 지키기 위해서는 세금을 안 걷을 수 없고, 걷는 양이 점점 늘어나게 되는 것도 어쩔 수 없는 상황이 된 지 오래다. 다른 나라를 보면 "요람에서 무덤까지"라는 기치아래 소득의 70%를 세금으로 부과하는 나라도 있고, 아예 조세피난처로 이름을 날리면서 세금을 극소로 걷는 나라도 있다. 결국 세계 각국은 자국의 문화와 경제상황에 맞는, 그리고 100년 후를 내다보고 국가 청사진을 그린 조세체계를 가지고 있는 것이다.

기획재정부는 2017년 8월 2일, 2017년 세제개편안을 발표했다. 기본 방향은 세율을 올리는 것이다. 세금을 많이 거둬 우리 사회에 약자를 보호하고 경제에 도움을 주겠다는 것이다. 세법은 국세기본법이라는 법체계 위에 각 세목별로 법이 있고, 시행령, 시행규칙 밑에 예규, 고시, 통첩 등에도 규정이 있다. 어떤 경우는 예외 조항에 또 예외가 붙어있어 보통의 민초는 아무리 세법개정안을 들여다 봐도 쉽게 알 수 없을 정도로 복잡하다.

좀더 자세히 알아보려고 기재부 홈페이지를 들여다봤더니 〈2017세법개정안 댓글 이벤트〉라는 화면이 확 튀어 나온다. "댓글 달고 푸짐한 경품 받아가세요!"라는 멘트와 함께!

영상을 보고 가장 눈에 띄는 베스트 개정 내용을 선택하고 최고로 생각하는 이유를 댓글로 남기면 당첨자 중 1명에게는 '브레오 안마기'를 주고, 2명에게는 정관장 패키지를 주고, 80명에게는 '스타벅스 아메리카노'를 준다고 한다. 마지막이 멋있다. "좋아요"를 공유하고 친구 소환을 하면 당첨 확률이 UP 된다고 한다. 필자가 잠시 봐도 상당수의 댓글이 달렸으니 경품이라는 것의 위력이 만만찮은 것 같다.

그런데 이 댓글 이벤트는 '좋아요'를 누르도록 유도되어 있다. 세법개정안에 최고로 생각하는 이유를 잘 남기는 사람을 뽑아 경품을 주게 되어 있지, 세법개정안에 비판적이거나 건설적인 제언을 하는 경우는 당첨이 안 될뿐더러 그런 댓글을 달 수 있게 설계가 안 되어 있는 것처럼 보인다.

세법은 국가 백년대계를 위해 중요하다. 조세저항 없이 공정하게 효율적으로 걷어 꼭 필요한 사회 각 부문에 재원을 흘려보내려면 다른 어떤 정책보다 공을 들여야 한다. 그래서 복잡한 세법도 알기 쉽게 만들어 세율과 세목, 징수절차도 납세자가 쉽게 반응할 수 있게 해야 한다. 그러려면 각 경제주체와 사회부문의 의견을 수렴하는 데에는 비록 쓴 소리가 나올지라도 이때만큼은 과세관청의 우월적 지위를 버리고 낮은 자세로 최고의 열과 성을 들여야 한다고 본다. 그런데 이번 세법개정안의 '좋아요' 댓글 이벤트는 너무나도 광고회사 이미지가 묻어나는 것 같다.

국세청 저승사자는
어디로 갔나?

2017년 12월 세종시에 새로 둥지를 튼 국세청사 앞에는 회색빛 금속 조형물이 세워졌다. 차가운 표정의 이 조형물은 금방 '저승사자'라는 별칭으로 유명해졌다. 기괴하게 웃는 얼굴에 삿갓을 쓰고 한복을 입은 조형물이 풍기는 분위기가 딱 저승사자를 떠올리게 했기 때문이다. 일부 민원인들은 국세청이 납세자들에게 겁을 주기 위해 일부러 저승사자 이미지의 조형물을 설치한 것 아니냐는 불만 섞인 의혹

◀ 카자흐스탄 탐갈리

을 제기하기도 했다. 국세청은 "우리의 의도와는 무관하게 세종청사관리소가 설치한 조형물일 뿐"이라고 해명하느라 곤욕을 치렀다.

　　22일 정부세종청사관리소에 따르면 문제 조형물의 작품명은 '흥겨운 우리 가락'이다. 일반인들이 느끼는 것과는 다르게 우아한 동작과 품위가 특징인 우리 전통 춤사위를 형상화한 것이다. 국세청은 최근 청사관리소와 협의해 '저승사자'를 다른 곳으로 옮겼다. 저승사자가 있던 자리에는 나무를 심었다. 그런데 세종청사관리소가 5개월여 만에 국세청사 앞에 있던 조형물을 100여m 떨어진 곳에 옮겨 놓은 곳은 행인들이 많은 한국정책방송원(KTV) 옆 대로변이다. 더 많은 사람이 '저승사자'를 보게 됐다.

　위 글은 ≪세계일보≫에서 2015년 5월 22일자에 보도한 것을 필자가 인용한 것이다. 시민들에게 흥과 위안을 주려고 만든 동상이 기괴한 느낌을 주는 것도 모자라 저승사자라는 별명을 얻게 된 것은 참으로 황당한 일이다. 나라 살림에 필요한 재원을 모으는 국세청은 경제부처로서의 역할뿐 아니라 세무조사를 하고 탈세를 잡아내 고발까지 하는 사정기관의 역할도 하니 기업이나 민초들의 입장에서는 두렵고 무서운 기관이다. 거기에 흥겨운 가락을 느끼라고 만든 동상이 낮에는 은빛이라 차갑게 느껴지고 밤에 달빛을 받으면 더욱 기괴하게 느껴져 지나치는 사람들을 움찔하게 만드는 느낌을 줬다고 한다.

보도를 보면 국세청이 아니라 행정자치부 산하 청사관리소에서 설치했다고 하니 국세청의 직접 책임은 없는 듯하다. 그런데 그 저승사자는 왜 설치되었을까? 틀림없이 정부예산으로 설치되었을 텐데 얼마를 들여 설치되었는지 누가 만든 것인지에 대한 부연 설명은 보이지 않는다. 자기 건물이라도 그 앞에 그런 동상을 설치했을까? 믿기 어려울 수 있지만 대한민국 현행법은 자기 건물이라도 설치해야 한다고 강제하고 있다.

우리나라 〈문화예술진흥법 제9조〉는 "대통령령으로 정하는 종류 또는 규모 이상의 건축물을 건축하려는 자이하 "건축주"라 한다는 건축 비용의 일정 비율에 해당하는 금액을 회화·조각 공예 등 미술작품의 설치에 사용하여야 한다."라고 강행규정으로 정하고 있다. 대통령령 이하 세부규정을 살펴보면 우리나라에서는 건물 전체 면적이 1만m^2를 넘어가는 건물을 지으려면 그 건축비의 1% 정도를 미술품에 써야 한다. 세종청사를 지을 때도 건축비의 1% 내에서 미술품을 구입하든가 동상을 세워야 하고, 서울시내에 아파트를 지을 때도 미술품을 설치하거나 그림을 걸어야 하며, 개인이 자기 건물을 짓거나 기업이 사옥을 건축할 때도 건물이 어느 정도 규모가 되면 의무적으로 미술품을 설치해야 하는 것이다. 그러다 보니 건물주는 흥겨운 우리 가락이라는 느낌을 주는 동상을 세웠는데 보는 사람은 저승사자가 칼춤을 추는 듯한 느낌을 받는 황당한 일이 생기는 것이다.

문제는 이런 미술품들이 우리나라 현행 법령을 따르면 계속 생길 수밖에 없는 구조라는 것이다. 건축기술의 발달과 부족한 토지 때문에 건물 규모는 커질 수밖에 없고 건축비는 물가상승률에 따라 계속 상승할 것이다. 그 건축비의 1%를 무조건 미술품에 써야 하니 예술가들이야 좋겠지만 건축주 입장에서는 당황스러운 규정일 것이고, 건물 앞 미술품이 힐링을 주는 예술 작품이면 지나가는 행인들이 마음의 안식을 얻겠지만 조악한 작품일 경우 찜찜한 느낌을 지울 수 없을 것이다.

세상에 이런 것을 정부 규제로 넣어 강제하는 나라가 어디에 있을까? 유감스럽지만 이 제도는 프랑스에서부터 시작한 규제 정책이다. 프랑스는 자국의 문화 예술을 창달시키기 위해 '1% 룰'이라는 이름으로 건축주들에게 예술품을 설치하도록 했고, 세계 각국이 벤치마킹하는 중에 우리나라도 이를 들여왔다. 문화 예술을 진흥한다는 좋은 취지로 도입됐지만 건축주에게 부담을 지우는 것이 눈치가 보여 처음에는 법률도 아닌 대통령령에 살짝 근거를 두고 있다가 기업과 개인에 부담을 주는 규제로 없어질 위기에 처하기도 했었다. 슬그머니 들어온 규제가 세월이 흐르면서 지금은 법률에 당당히 근거를 두고 모든 건축주들에게 1% 내에서 미술작품에 쓰라고 강요하고 있다.

프랑스의 경우는 예술의 역사가 오래된 나라이다. 조각가나 화가나 건축주나 예술적 담론의 수준이 높아 저승사자상 같은 촌극이 일어날 확률이 거의 없고 그런 일이 생겼을 경우 예술계에서 퇴출당하는 자정기능이 잘 작동한다. 우리나라의 경우 특정 작가가 대부분의 건물에 자기 작품을 거는 경우도 많고 "특정지역은 누구"라고 지역을 장악하고 있는 경우도 있다고 한다. 더 황당한 것은 관청에 신고하는 예술품의 가격은 부풀려져 1% 룰을 맞추고 실제 작품가는 그보다 낮게 거래되는 경우도 상당하다는 것이다.

국가의 문화수준을 높이고 시민들에게 심미안을 길러주려는 정부의 정책방향은 공감한다. 그러나 정책이 1도 뒤틀어져 흉물을 만들어내고 한 번 보면 영 언짢은 느낌이 드는 돌덩어리들을 "예술작품이니 느껴라"라는 식으로는 몰고 가지 말았으면 한다. 더구나 그것이 혈세로 만들어진 거라면 어이 없는 일이고. 개인이나 기업이 부담해야 한다면 당사자들은 또 얼마나 황당한 일일까?

예술을 느끼고 말고는 자율의 영역이지 국가의 영역이 아니지 않을까 한다. 국세청 저승사자를 옮길 게 아니라 〈문화예술진흥법 제9조〉를 없앨지 말지를 제로베이스에서 재검토해야 한다.

무술년(戊戌年),
율령정비(律令整備)부터 시작하자

　　2018년 무술년이 밝았다. 고종은 재위 32년 차에 그간 사용하던 음력을 폐지하고 양력의 사용을 공포하여 당시 음력 11월 17일을 양력 1896년 1월 1일로 변경하였다. 양력 사용이 공포되었지만 일반 백성들에게는 제사와 혼례 등에서 음력이 광범위하게 사용되다가 1908년부터 모든 국경일이나 달력이 양력화되면서 그레고리13세의 태양력이 우리나라 사회에 정착되었다.

그럼에도 우리 사회는 항상 천간天干과 지지地支로 이루어진 60갑자甲子의 달력을 병기하고, 신년에는 토정비결도 재미삼아 보며 SNS에는 올해는 황금개띠해라는 말이 널리 퍼져 있다. 무술년戊戌年의 술戌이 개를 뜻하는 것이고 무戊는 5가지 색깔 중에서는 황토빛을 뜻하니 노란색 또는 황금색으로 부르면서 황금개띠해라고 하는 것 같다.

명리학에서 얘기하는 무戊는 5행五行 중에서 토土를 뜻하고 대지가 모든 것의 어머니이듯이 무엇인가를 생산해 내는 특성을 가진다고 한다. 명리학상 음양의 조화가 무엇인가를 생산해 내는 기운을 가진다면 무술년 올해에 우리 사회는 무엇을 생산해 내는 것이 가장 바람직할까? 잔잔한 것들 여러 가지보다는 가장 중요하고 기본적인 것을 먼저 시작했으면 하는 바람이다.

일상생활을 규율하는 정부 규제 전체의 개혁방향을 조율하고 법령체계를 깔끔하게 정비해야 한다. 사실 규제개혁이라는 말은 규제가 철폐의 대상이고 악惡이라는 뉘앙스를 내포하고 있다. 산업혁명 이후 시장경제는 인류가 상상하지 못했던 경제성장을 이루어냈지만 빈익빈 부익부라는 극단적 양극화를 만들어 내기도 했고, 다른 나라를 침탈해야만 자국 경제가 성장할 수 있는 제국주의를 만들어 내기도 했다. 그 반작용으로 소련 공산주의가 등장하고 시장경제에도 정부가 개입하면서 수정자본주의 체제가 도입되었다. 개인의 존엄과 천부인권이 강조되면서 교육, 의료, 최저생활 보장 등 사회적 권리를 보장하기 위해 세율은 높아지고 자유방임적 시장경제에도 각종 정부규제가 도입되었다. 유럽의 경우 아예 대부분의 집권당이 사회민주당 계열이 되면서 산업혁명 초기 야경국가는 사라지고 정부는 사회안전망 구축을 최우선 과제로 삼는 현대복지국가로 전환하였다.

정부의 개입이 과도해져서 개인의 근로 의욕을 꺾는다고 주장한 미국 경제학자가 있었다. 래퍼Arthur Laffer 는 호텔에서 식사 중 냅킨에다 후일 래퍼 커브Laffer Curve라고 알려진 그림 하나를 그렸다. 미국의 세율이 적정치를 초과해 있기 때문에 개인이 더 이상 근로할 의욕이 없어지고 노동의 감

■ 몽골 알타이지역 하르 살라 ⓒ 김호석

소는 경제의 위축으로 이어져 결국은 정부의 세수가 줄어들기 때문에 세율을 낮춰야 한다는 주장이었다. 래퍼의 주장은 이후 공급중시경제학이라는 한 분야를 창시하면서 레이건 대통령의 감세정책인 레이거노믹스의 이론적 토대를 구축한다.

정부의 개입이 과다하니 축소해야 한다는 주장은 영국에서는 대처M.Thatcher 정부의 대처리즘의 바탕이 된다. OECD 등의 국제기구는 규제개혁, 규제완화라는 화두로 전 세계 각국 정부의 법체계를 규제완화 추세와 글로벌 스탠다드에 맞게 구축할 것을 직 간접적으로 요구한다. 예를 들면 통관 관련 규제를 전 세계적으로 일치시키기 위해 컨퍼런스를 열고 OECD 회원국의 동료평가Peer Review를 통해 이론적 일체감을 형성하며 개도국에는 OECD 차원의 컨설팅을 통해 세계 각국의 법체계를 글로벌하게 유도하고 있다.

규제가 선善일까? 악惡일까? 시장자본주의를 신봉하는 경우 규제는 적을수록 선이고 작은 정부가 가장 이상적이라 주장한다. 시장경제로 양극화가 진행되어 사회의 응달이 늘어만 가는 것을 걱정하는 사람은 정부가 커져야 한다고 주장한다. 미국 내에서도 시카고대를 중심으로 한 시카고학파는 작은 정부를 옹호하고 유럽의 대부분 국가는 공동체 의식을 바탕으로 한 복지국가를 주장한다.

프랑스는 규제를 악도 선도 아니고 실생활에서 필요한 신호등 정도로 평가한다. 그래서 프랑스는 규제개혁이 아닌 규제관리라는 표현을 즐겨 사용하고 자기네 신호등이 가장 정교하게 작동한다는 자부심이 강하다. 큰 정부가 좋은가 작은 정부가 좋은가는 미국식 시장경제냐 소련식 계획경제냐로도 연결될 수 있는, '정체Political Regime'를 흔드는 거대담론이다.

시야를 다시 국내로 돌리면, 우리나라의 경우 어떤 분야는 규제가 너무 많고 어떤 분야는 규제가 너무 적어 신호등 작동에 에러가 생긴다. 세계가 선점하려고 뛰고 있는 4차 산업분야에서는 쓸데없는 규제가 너무 많다. 규제 하나하나가 정부 관료들의 권한과 관련되어, 민간에 길을 향도해야 할 필수적인 신호등이 작동되지 않아 직진을 해야 하는지 정지해야 하는지 헷갈리는 경우가 많다.

이런 모든 규제는 법령속에 녹아들어 가 있다. 규제를 악으로 간주하고 폐지하거나 완화하려는 경우 법령을 폐지하거나 개정하여야 한다. 정부가 사회의 그늘진 곳을 어루만지기 위해서도 법령에 근거가 없으면 적극 행정을 펼칠 수 없다. 결국 우리가 말로 편하게 얘기하는 모든 규제는 사실 법령으로 조문화 되면서 작동하게 된다.

그런데 이 법령체계가 간단명료, 단순명쾌하지가 않다. 조문의 예외 규정 속에 다시 예외 규정을 둬 해석이 난해한 조문들이 많다. 또 법률에는 근거만 두고 백지 위임하여 하위 규정에서 진짜 중요한 사항을 정하게 골격입법만 되어 있는 경우가 있다. 행정 편의주의적이고 촘촘하지 못한 입법이 발생할 소지가 생긴다.

우리나라 법체계는 국회가 정하는 법률, 국무회의를 통

과하는 대통령령, 시행규칙이라고도 불리는 부령의 3단 구조로 되어 있다. 그런데 실제 개인의 일상과 기업에 영향을 미치는 상당수의 규제는 각 관청에서 운영하는 예규, 고시, 통첩 등의 이름으로 녹아 있다. 시행규칙 밑으로는 총리실 규제개혁위원회나 법제처의 법령심사에서 제외되어 제3자적 관점에서 볼 때 현실과 괴리되고 객관성이 떨어지는 경우도 생긴다.

여기에 지방자치제가 실시되고 난 다음부터 각 도나 서울시에서도 조례를 만들고 군청이나 구청에서도 조례를 만든다. 각 자치단체가 만드는 조례는 법률의 범위 내에 있는 것이 원칙이지만 시 군 구별로 다른 경우나 광역시 도 사이에서도 위임의 범위나 수준이 다른 경우가 있다. 무엇보다 개인이나 기업들이 찾아보기에는 헷갈리고 복잡하다. 내가 무엇을 할 수 있고 무엇을 하면 안 되는지에 대해 간단명료하고 단순명쾌하게 규범을 정리해 주는 것이 사회운영의 기본이자 더 나은 시작점이 아닌가 한다.

아직도 약혼식이 불법인 나라, 대한민국

전쟁의 포화 속에서도 사랑은 피어난다. 그리고 그 사랑은 결혼식을 통해 공식화된다. 결혼식 전 약혼식을 하느냐 마느냐는 당사자들의 판단이다. 그런데 약혼식을 못하게 하는 나라가 있다면 그런 나라는 어떤 나라일까?

우리나라 법령체계는 국회에서 법률을 입법하면 시행을 위해 대통령령을 정부에서 제정한다. 〈건전가정의례의 정착

및 지원에 관한 법률〉이라는 법에는 대통령령이 2개 있는데 그중 〈건전가정의례 준칙〉이라는 대통령령에 "약혼을 할 때는 약혼 당사자와 직계가족만 참석하여 양쪽 집의 상견례를 하고 혼인에 관한 모든 사항을 협의하되 약혼식은 따로 하지 아니한다."라고 규정하고 있다. 아울러 당사자의 건강 진단서를 첨부하여 남자 측과 여자 측의 입회인이 서명한 약혼서를 교환하도록 법제화했다. 그리고 이 약혼서는 친절하게도 별첨 양식으로 지정되어 있다.

이 법을 안 지키고 약혼식을 하면 어떤 처벌을 받을까? 처벌은 안 일어난다. 벌금이나 징역 조항도 없고 과태료를 부과하는 규정도 없으니 그냥 사문화死文化된 규정으로 보면 된다. 2박 3일간 호화 약혼식을 한다 해도 아무런 처벌이 일어날 수 없다. 심하게 얘기하면 이런 것을 지적해 내는 사람만 성격이 독특한 것으로 몰릴 수도 있다. 그런데 만약 누군가 장관의 자제가 호텔에서 호화 약혼식을 했는데 타의 모범이 되어야 할 장관이 법을 어겼으니 처벌해달라는 진정을 청와대에 낸다면 어떻게 처리될 것인가?

우국충정에 불타 공직을 택한 젊은이에게 법이 금지한 약혼식을 거하게 했으니 법령위반이라고 누군가가 감사원에 감사청구를 한다면 감사원은 어떻게 처리해야 할까? 악법도 법이라며 독배를 마신 소크라테스 사례를 따라 공무원이 법을 어겼으니 징계를 때려야 할까? 아니면 이 법은 현실과 동떨어진 사문화된 규정이니 단순 종결처리해야 할까? 만약 단순 종결한다면 미진한 처리라고 불만을 품은 진정인이 감사원이 직무를 유기했다고 검찰에 고발해 버리면 검찰은 어떻게 해야 할까? 공무원뿐 아니라 공직 규정을 준용하는 모든 공공기관도 이런 말도 안 되는 가정에서 자유롭지는 않다.

그러면 이 법을 담당하는 여성가족부는 왜 이런 대통령령을 그대로 두고 있는 것일까? 대통령령을 제정하거나 개정할 때는 국무회의에서 심의하게 되어 있다. 다른 부처에 영향을 주는 것이 많아 상충되거나 모순이 있을 수 있는 조항이나 표현은 국무회의에서 걸러낸다. 멋있게 표현하면 국무회의가 국정 토론의 장이 되어 국가의 앞날을 보고 정책을 결정하는 것이다. 그런데 이 대통령령은 어떻게 국무회의를 통과하였을까?

몸이 커져 옷이 작아지거나 오래 입어 색이 바래면 보통 새 옷으로 갈아입는다. 나의 자존감이자 남에 대한 배려이기도 하다. 율령체계도 마찬가지다. 우리나라는 과거와 같이 변방의 나라가 아니라 이제는 세계가 주목하는 나라이다. 한국에는 약혼식이 불법이라고 인스타그램에 글로벌하게 돌아 버리면 어떤 반응들이 나올까?

농와지희(弄瓦之喜)와
Woman Power

아들이 좋을까? 딸이 좋을까? 부부가 인연을 맺어 자식을 두는 것은 그 자체만으로도 축복이지만 집안 대소사가 생기면 한번쯤 딸이냐 아들이냐에 대한 생각이 들기도 한다. 우리 조상들은 아들을 선호하였던 것 같다. '농장지경弄璋之慶'이라는 말이 있다. 농弄은 '희롱할 농'이고 장璋은 '구슬 장'이니 구슬을 희롱하는 경사라는 뜻이다. 구슬을 가지고 장난치는 것이 무슨 경사일까? 남자 아이들은 어려서부

■ 카자흐스탄 쿨자바스이

터 구슬치기나 공을 차면서 노는 경우가 많다. 이는 어쩌면 남성이라는 DNA의 발현일지도 모르는데, 아들을 낳았으니 집안의 경사라는 의미로 떠들썩한 잔칫상에서 득남한 사람에게 표하는 축하의 말이다.

딸을 얻었을 때는 '농와지희弄瓦之喜'라는 말을 썼다. 와瓦는 '실패 와'자이니 농와弄瓦는 실감개를 가지고 노는 것이고 이는 경사에는 한참 못 미치는 그저 즐거운 일이라고 해서 축하의 덕담으로 썼다. 이런 남아선호사상은 유교가 통치이념과 사회철학으로 자리를 확실히 잡은 조선 중기 이후에는 훨씬 심해져 여자는 그저 밥짓기나 바느질이나 배워 집안의 허드렛일 정도를 해결하는 존재로 전락하게 된다.

지금은 여성계의 활약으로 민법상 호주제도 폐지되고 상속도 유류분遺留分이라는 제도로 법적으로 보장받지만, 조선시대뿐 아니라 현대의 여명이 밝기 직전까지도 우리 어머니들은 시집 가서 벙어리 3년, 귀머거리 3년을 하고도 칠거

지악七去之惡에 걸려 시집에서는 쫓겨나고 친정으로는 돌아가지도 못할 수 있다는 불안감속에서 세월을 보내야 했다.

어려서는 아버지를 따르고, 결혼해서는 남편을 따르고, 남편과 사별하면 자식을 따른다는 '삼종지도三從之道'는 조선시대 여인상을 가장 잘 표현한 말이라고 본다. 간혹 누구 대갓집의 외동딸로 금지옥엽金枝玉葉처럼 귀염 받고 자랐다는 표현들도 있으나, 여식女息을 항렬자를 써서 제대로 족보에 올리는 것은 대단히 드문 일이었고, 시집 가서도 본명보다는 자기가 살다 온 지역의 이름을 붙여 파주댁 입촌댁 등 어느 지역 출신이라는 이름으로 불렸다.

1930년대 일제시대에 모던걸modern girl들이 나타났다. 일제가 서구문명을 받아들이면서 나타난 깔끔한 복장의 서구 매너를 갖춘 당시 신세대 모던보이modern boy들을 따라 신세대 여성인 모던걸들은 그 당시 사회상으로는 서양 옷차림을 한 신기한 사람들로 동네 구경거리였고 사회적 영향력을 가지기에는 미미했었다. 신세대 여성이자 우리나라 최초의 여성 서양화가라는 나혜석도 말년을 불우하게 보내야만 했다. 1960년대 신세대 여성으로 대표될 수 있는 전혜린도 그의 천재성을 꽃 피우기에는 토양이 형성되지 않았고, 시대가 그를 품기에도 때가 성숙되지 않아 큰 반향은 남기지 못한 채 사라져 버린 면이 강하다.

1980년대에 들어오면서 상황이 달라졌다. 일단 명문대에 입학하는 여학생들의 숫자가 기하급수적으로 늘어났다. 1981년도부터 적용된 졸업정원제로 대학의 입학 정원이 2배로 늘어나고, 본고사에서 당락을 좌우하던 수학이 객관식으로 바뀌면서 여학생들의 합격이 늘었다고 분석하는 사람도 있다. 그러나 지금 중·고교에서 여학생과 남학생들의 성적분포를 보면 수학이 객관식이냐 주관식이냐보다는 여성들 스스로에 대한 자의식이 변했고, 변한 이미지가 사회상으로 재정립되었다고 보는 것이 옳을 것 같다.

1970년대까지는 집안의 기둥인 잘난 오빠와 머리 좋은 동생 뒷바라지를 위해 나 한 몸은 공순이라 불려도 개의치 않고, 서울서 식모살이를 해도 즐거운 여성상이었다. 대학을 간다 해도 현모양처의 꿈을 이루기 위해 가정학과나 영문과, 불문과를 최고 선호하던 시절이었다. 여자가 법대나 의대를 가면 팔자가 세어져 고생한다는 통념은 한강물에 떨어져 흘러가 버렸고 이제는 자신의 꿈을 이루기 위해 경영학과나 법학과를 가고 MIT박사를 염두에 두고 공대나 자연과학대에서 불을 밝히고 있는 여학생들이 많다.

정부부처에서도 신임 여성공무원의 비율은 50%에 가까워지고 있다. 판사나 검사의 임용 비율도 비슷하게 가고 있으며 금녀의 영역이었던 사관학교에서도 여성 생도가 수석을 차지하는 경우도 자주 일어나고 있다. 언론이나 드라마 작가는 이미 여성들이 주류를 형성하고 있는 것이 2000년대 우리나라의 현실이다.

미국에서 〈Me Too〉라는 울분에 찬 호소가 여성들의 작은 목소리로 시작되었다. 이 목소리들은 영국으로도 넘어가 추악한 것들을 태평양 한가운데로 날려버리고 있다. 우리나라에 와서는 지난 세월 여성들의 한이 서리가 되어 내리고 있는 듯하다. 해마다 노벨문학상 후보로 언급되며, 문학에 관심 있는 대한민국 국민을 설레게 했던 문단의 거두가 된 서리를 맞고 있다. 삶에 지친 우리 내면을 순화시켜 주고 화병을 풀어주던 유명 연극가와 연출가들의 망신살이 북악에서부터 한라까지 뻗쳐 나가고 있다. 내 어머니도 여성이라는 사실을 망각하고 여성을 한낱 말을 알아듣는 꽃, 해어화解語花 정도로 치부하던 사람들이, 함부로 놀린 혀와 손이 지은 업業에 전전긍긍하고 있다.

여성들의 목소리는 과거와 같이 사막에서 외치는 작은 메아리가 아니라 이제는 사자후獅子吼가 되어 한국 사회의 곳곳을 흔들고 있다. 한국 사회의 주류로 올라선 여성계의 영향력, 우먼파워Woman Power는 어디로 가야 할까? 자유의지로 세상을 헤쳐 갈 이 땅의 딸, 본인들이 결정할 문제이지만 우리 공동체를 좀 더 업그레이드하는 긍정적인 방향으로 움직였으면 한다. 한국 사회의 발전은 이제 우리 어머니와 딸들에게 달려 있다.

신골품제(新骨品制)

　개인의 인생과 행동을 좌우하는 것은 부모로부터 물려받은 유전자일까? 아니면 환경적인 요인이 더 클까? 우리 풍속에 녹아있는 말들을 상기해 보면 우리 조상들은 어떤 생각을 가졌는지 유추해 볼 수 있다. '콩 심은 데 콩 나고 팥 심은 데 팥 난다'라는 말은 유전형질이 모든 것을 결정한다고 해석할 수 있다. 아무리 밭이 좋더라도 콩을 심었는데 팥이 날 수는 없다고 본 것 같다.

■ 몽골 알타이지역 하흐 오스 ⓒ 김호석

사람은 어떨까? '명가의 후손'이라는 말이 모든 것을 함축하지 않을까 한다. 명문가에서 태어난 사람은 행동거지나 생각이 다르다는 것인데, '떡잎이 다르다' 또는 '싹수가 노랗다'라는 표현은 아이가 대여섯 살에 하는 것만 봐도 대충은 그의 미래 인물상을 짐작할 수 있다는 것이다. 물론 명문가의 후손이지만 파락호破落戶 비슷한 행동을 하는 사람에 대해서는 '범이 고양이를 낳았다'라는 말로 간단하게 정리해 버린다.

사람 이외의 동물은 어떨까? 경주마의 경우 혈통 좋은 아라비아 종마의 씨를 받기 위해서 수억의 돈을 쓰는 경우도 많다. 명품 진돗개의 경우 혈통서를 따로 발급한다. 사람의 경우 평등과 존엄성이라는 최고의 덕목 때문에 발급 못하는 혈통서를 말이나 개의 경우는 대명천지大明天地한 현시대에 있어서도 자랑스럽게 발급한다.

이런 면으로 볼 때 우리나라 역사에 있어서 신라의 골품제骨品制는 좀 특이했던 것 같다. 고구려, 백제와는 다르게 아예 뼈의 등급을 매겨 놨다. 부父와 모母가 둘 다 왕족일 경우 성골聖骨, 한쪽만 왕족이면 진골眞骨, 그 이외에 6두품, 5두품, 4두품, 평민으로 사람의 머리頭에 품격品格을 매겨놓았다. 그리고 골품제에 따라 집의 넓이도 차등을 두고 옷의 색깔, 쓸 수 있는 우마차도 달리 규정해 놓았다. 신라는 개인의 일생과 역량은 환경과 교육에 상관없이 그 사람의 뼈에 이미 다 담겨 있다고 본 것 같다.

이런 사회에서는 태어나는 순간에 나의 신분이 미래에까지 연결되고 나의 능력이 골품이라는 환경을 벗어나서 발현되기는 거의 불가능에 가까운 것이었다. 당나라에서 과거를 장원급제하고 황소의 난을 진압하는 〈토황소격문〉을 써 문재를 널리 떨친 최치원도 신라에 돌아와서는 6두품이라는 한계에 부딪혀 능력에 걸맞은 역량을 발휘하지 못하였다.

인도에서는 아직까지도 카스트제도가 유지되고 있다. 제사를 담당하는 최고위의 브라만이라는 계층 아래 그림자만 밟아도 오염되어 부정을 탈 수 있는 달리트라는 불가촉천민이 존재한다. 법적으로 차별은 없어졌다고 해도 인구의 15%에 해당하고 카스트에도 못끼는 불가촉천민이 개인의 능력을 발휘하기에는 카스트라는 사회구조의 벽이 너무 높은 것이다.

몇 해 전에는 서울대 공대에 재학중이던 학생이 공고화된 계급의 벽을 절감하고 스스로의 운명을 극단적으로 결정함으로써 우리 모두에게 충격을 줬다. 그 이후 우리는 사회를 질식하게 만드는 환경을 개선하기보다 금수저, 은수저, 흙수저라는 용어를 아무렇지 않게 자연스럽게 쓰면서 살고 있다.

최근에는 한화그룹의 3남이 김앤장 변호사들과의 저녁자리에서 "니 아버지 뭐하시냐?"라고 한 발언이 파문을 일으키고 있다. 조선시대에는 과거를 보려면 일단 조부모와 부모의 이름부터 보내 결격 여부를 통과해야만 응시자격이 생겼고, 양반가의 경우 가문의 단합을 위해 항렬자를 썼기 때문에 이름만 보면 뉘 집에 누구인지를 알아보니 "부친 함자가 어떻게 되시냐?"는 물음은 나의 행동거지로 나뿐 아니라 집안과 문중 전체를 평가받을 수 있는 가중 강력한 질문이었다. 한화그룹의 3남은 무슨 의도로 상대방 변호사들에게 "니 아버지 뭐하시냐?"라고 물었을까? 집안의 아우라를 동원하지 않으면 김앤장 변호사들이니 맞짱이 어려운 상황이었을까? 이런 일이 한 번도 아니었던 것 같은데 그때마다 만나는 사람의 배경을 확인하고 취권을 휘둘렀던 것일까?

사건은 9월에 있었다 하고 그것이 새어나와 언론과 사회의 주목을 받기 시작한 것은 11월 말경인 것 같다. 두 달 동안 그냥 묻혀 있던 것이 갑자기 왜 새어 나왔을까? 보통의 경우 10대 중고생이 싸움이 붙으면 싸움이 끝난 후 화해하거나 상처가 심하면 가해자가 치료비를 부담한다. 질풍노도의 시기임을 감안해서 심하지 않으면 경찰이나 검찰이 관여하지 않는다. 정신적 물리적 집행유예의 시기이다. 그리고 선생님이나 부모님께 무지 혼이 난다. 억지로라도 화해하고 어떤 경우는 더 친해지는 경우도 있다.

성인이 되면 완력은 거의 사라지고 점잖아지지만 그래도 간혹 혈기방장하여 술이 가미된 저녁자리에서 잔이 엎어지는 경우도 있다. 그래도 주위에 피해가 없다면 당사자들끼리 해결한다. 거기에 이상한 사邪가 끼어드는 경우가 있다. 패거리를 불러 위세를 과시하거나 피해를 부풀려 한몫 보려는 일들이 생긴다. 신사들이 자존심을 걸고 벌이는 황야의 결투와는 정반대되는 일들이 생길 수 있다. 그런 자들을 전문용어로 '양아치'라고 한다. 토속성 짙은 문학작품이나 대중영화에 감미료로 등장하는 '어디서 굴러먹던 개뼉다귀'로 불리는 사람들이다.

우리나라 최고의 김앤장 변호사들은 왜 당하고도 가만 있었을까? 폭행죄는 폭행을 당한 사람이 처벌을 원하지 않으면 처벌하지 않은 형법상의 '반의사불벌죄'이니 고소가 없으면 처벌하지 않는 것이 원칙이기는 하다. 서로 합의해도 사회 질서유지를 위해 국가 공권력이 처벌하는 '상해죄'와는 범죄 구성요건이 다른 것이다. 그렇지만 20대의 젊은 피들이 참기에는 '하늘이 무너져도 정의는 세우라'는 가슴 떨리는 울림이 내면에서 해일처럼 밀려왔을 텐데…

아무리 해도 개인의 노력과 자질이 꽃 피울 수 없는 세상이라면 그 사회가 잘못된 것이다. 계층 이동의 희망사다리가 사라져 계급이 고착화되고 유전된다면 그리하여 태어날 때의 계급장으로 평생을 '열중쉬어' 자세로 살아갈 수 있는 사회라면 그 사회가 유지될 수 있을까? 금수저, 흙수저로 사람을 평가하고 우리 사회가 신골품제新骨品制로 변하여 유지된다면 점점 활력을 잃고 쇠퇴하다가 어느 날 갑자기 붕괴되지 않는다고 말할 수 있을까?

쪼다와
석가모니

욕이라는 것이 어떤 때는 긍정적인 역할을 하는 경우도 있다. 속이 끓어오르는 것을 계속 참다 보면 스트레스가 쌓이고 이것이 가슴 한 켠에 쌓이면 화병으로 발전한다. 한 번 뱉어버리면 속이 풀릴 것인데 점잖은 체면에 내상만 깊어진다. 욕을 하더라도 너무 상스럽거나 살벌한 욕은 부담스럽다. 그래서 적당히 사용되는 욕이 '쪼다' 아닐까 한다. 이 '쪼다'라는 말은 어디서 왔을까?

1설은 장수왕의 아들이 '조다助多'였는데 장수왕이 96세로 장수하는 바람에 아들은 태자만 하다 왕 한 번 못해보고 세상을 떠났기 때문에 '왕 한 번 못한 조다'에서 유래되었다는 것이다. 고구려 때 얘기가 고려와 조선을 거쳤으니 참 많이 올라간 것이다. 2설은 새대가리라는 한자 '조두아鳥頭兒'에서 유래됐다는 것이다. 3설은 1960년대 우리나라에 유행한 영화 〈벤허〉의 '유다'를 나쁜 놈 '쥬다'로 발음하면서 쪼다가 됐다는 것인데 약간 작위적인 느낌이 든다.

4설은 불교설화와 산스크리트어에 바탕을 두고 있는데 아주 그럴듯해 보인다. 부처님은 본명이 고타마 싯다르타이다. 보리수나무 밑에서 깨달은 후에는 샤카 부족의 깨달은 자 모니로 불려 샤카모니가 되고, 중국에서 한자로 쓰면 석가모니釋迦牟尼가 된다. 이 석가모니의 4촌 동생으로 데바닷타Devadatta라는 제자가 있었다. 데바닷타는 처음에는 열심히 석가모니를 따라 수행을 하며 잘 모셨으나 신통력을 배우면서 욕심이 생겼다. 자기도 같은 왕족이고 싯다르타보다 못할 것이 없다고 교만해져 자기만의 종파를 따로 만든다.

거기서 한 발 더 나가 싯다르타를 시해하기 위해 암살자를 보내기도 하고 흉포한 코끼리를 보내기도 하고 산에서 돌을 굴리기도 한다. 모두 실패하자 독을 쓰려다 천길 지옥에 떨어지는데 불가에서는 용서받지 못할 최고의 악인으로 낙인찍힌 사람이 데바닷타인 것이다.

불교가 중국으로 전파되면서 데바닷타는 한자 '제바달다提婆達多'가 되고 '제달提達'이 되었다가 '조달調達'이 된다. 조달이가 '조다'가 되고 마지막에 경음화현상으로 '쪼다'가 된다. 그러니 '쪼다 같은 놈'이라고 하면 천하의 대웅大雄인 부처님의 4촌 동생으로 태어나 모든 것을 배울 수 있는 천재일우의 기회를 시기와 탐욕으로 망치고 종국에는 지옥에 떨어져 버린 바보, 데바닷타를 지칭하는 것이다. 자기 친동생 아난존자와는 너무나 다른 인생으로 대별되는 인물이 불가에서는 데바닷타, 조달이, 쪼다다.

아사리판, 이판사판 등 불가에서 기원한 말이 많기에 나는 쪼다의 조달이 기원설에 한 표를 던진다. 주위를 둘러보

면 우리 인생사가 쪼다 같지 않은가 하는 생각이 들기도
한다. 사촌이 땅을 사면 왜 배가 아플까? 축하를 해 주고
어떻게 경작할지 어떻게 샀는지 보고 배워야 나도 잘될 수
있는 일인데 배가 살살 아프기 시작한다. 내가 못 먹을 떡
이라면 판을 깨버리는 심보도 쪼다 같은 마음보다. 나보다
잘난 동료 후배를 시기 견제하는 것은 더더구나 쪼다 같은
짓이다. 동태눈으로 지척에 있는 대웅을 몰라보고 까부는
우를 범하는 것은 더 큰 쪼다 같은 짓이다.

I와 Me의 불일치가 부르는
코미디 같은 청문회

영어 I와 Me는 '나'를 지칭하는 단어로 I는 주격, Me는 목적격으로 쓰인다는 것 외에는 크게 별다른 차이 없이 자주 쓰이는 영어 단어이다. 그러나 심리학에서는 I는 내가 인지하는 나로서 '주관적인 나'를 뜻하고, Me는 남들이 보는 나인 '객관적인 나'를 뜻하니 큰 차이가 있는 용어이다. I와 Me는 서로 일치할까? 아니면 차이가 날까?

우리는 어머니 뱃속에 있을 때의 일에 대해서는 아무 기억이 없다. 출생 후 영유아기에 수많은 일들이 있었겠지만, 보통 사람의 기억 능력은 다섯 살이나 여섯 살 정도부터 가능하지 않을까 한다. 이런 기억들이 생기면 학습이 이루어진다. 학습능력이 발전하면 지식의 축적이 생기면서 사회적 관계도 형성되기 시작한다. 초등학교 전후로 또래집단이 생기고 또래들의 문화를 자연스럽게 공유하기 시작한다. 소통되는 언어만 보더라도 초등학생끼리의 말이 다르고 중2의 문화가 다르고 대학생들의 문화가 다르다.

50대가 중2들이 부르는 랩을 따라하거나 SNS 언어를 자연스럽게 구사하는 것은 밤을 하얗게 새운 부단한 노력이 있거나, 천부적 자질을 가졌거나 둘 중의 하나일 것이다. 그런 재주의 소유자는 50대 동료 그룹 사이에서 젊은이와 소통 가능한 사람으로서 로망일 수도 있지만 쓸데없는 일에 에너지를 심하게 쓰는 약간 이상한 사람이라는 평가를 받을 수도 있다. 이렇듯 사회적으로도 I와 Me에 대해서는 평가가 다를 수 있다.

'내가 보는 나, I'는 사회화를 거친다. 초등학교에서 학교

폭력을 당했을 수도 있고 가해자였을 수도 있다. 대학에 가서 사회 불평등에 대해 고민했을 수도 있고 계층론을 옹호했을 수도 있다. 금수저로 태어나 하버드에 유학을 갔지만, 아시아에서 온 발음이 약간 이상한 아이로 차별받아 갑자기 반미투사로 돌변해 돌아올 수도 있다. I는 사실 부모도 잘 모른다. 유치원 시절부터 생긴 또래문화, 학교에서의 일을 부모에게 일일이 알리지 않고 살아가는 대부분의 우리는 오직 나만이 내 성장과정에서의 우울과 분노, 영광의 순간을 알고 극복과 절망이 어우러진 나, I를 정확히 알고 있다.

영문법에서 목적격이라 하는 Me는 남이 보는 나이다. 사회화 과정을 거친 개인에게 형성된 자아가 남들에게 비춰지는 '나'로서 객관적 자아이다.

I와 Me는 일치할까? 나는 선량하고 정의감 있으며 애국적인 1등 시민이라 생각하지만, 남들은 나를 그렇지 않게 볼 수도 있다. 밥 한 번 안 사면서 기회만 되면 뒤를 칠 수 있는 사람으로 볼 수도 있는 것이다. 이런 불일치의 극치는

■ 카자흐스탄 탐갈리

나르시시즘Narcissism이다. 물에 비친 자기 모습이 아름다워 물 속에 비친 나를 그리워하다가 지쳐 죽을 정도였다는데 남들도 그렇게 생각했을까?

이런 I와 Me의 괴리는 개인의 나이가 들면서 점점 더 벌어지는 경우가 많다. 소년기에는 사회생활의 폭도 좁고 또래 그룹이 한정적이라 별 차이가 안 나지만, 행동반경이 넓어지고 비즈니스가 커지면, 우리가 보는 그는 장님이 코끼리 만지는 것과 비슷해져 내가 아는 그가 아닌 경우가 많다.

I와 Me의 불일치는 개인의 영역에서 벗어나 한 조직체인 기업이나 정부에서도 생길 수 있다. I는 사업보국을 모토로 미래에 대한 혜안을 가지고 삼성전자를 세워 이 나라를 먹여 살리고 국가에 헌신했는데, 보여지는 삼성 Me는 반도체 라인의 직원들에게 백혈병만 안겨준 악덕기업으로 비춰질 수도 있다. 시대정신을 가지고 국가의 백년대계를 위해 세금을 올리겠다는 정부방침에 왜 이리 와글대는 것인지 정책 결정자들이 이해를 못할 수도 있는 것이 현실이다.

사실 I와 Me의 불일치는 정상적인 사람이라면 누구나 가지고 있는 자연스런 일인 경우가 더 많다. 그렇지만 그런 사람이 예술을 하든지 학문을 하든지 장사를 하든지 크게 상관을 안 해도 세월이라는 큰 파도는 대충 상어인지 고래 인지를 분간해 낸다. 이는 한 인간을 영원히 속일 수도 있고 대중 전체를 한순간 다 속일 수도 있지만 대중 모두를 영원히 속일 수는 없다는 진리로 설명되는 것과 비슷하다. 우리 모두의 눈과 사고는 비슷하여 극단적인 것들은 세월 속에 저절로 걸러지는 것이고 간혹 독특한 사람들을 보는 것이다.

문제는 이렇게 덜 걸러진 사람들이 때때로 역사의 전면 에 등장한다는 것이다. I는 국가와 민족을 사랑하고 평생 을 헌신하며 살아왔는데 무식한 대중이 나를 폄하한다고 스스로 생각하는 듯하다. 일부의 여론 조작을 메이저 언론 이 동조하고 대중이 혹하여 내가 이런 고통을 당한다고 생 각하는 사람들이 간혹 지도층에 혜성처럼 나타나는 경우 가 있다.

새로운 정부가 출범했다. 대통령이야 I와 Me를 논하기 전에 대다수의 국민이 비밀, 평등, 직접선거로 뽑은 분이니 그 자체로 정통성을 가진다. 그 대통령은 국민이 위임한 정당성에 따라 내각의 후보자를 선정하고 국무총리와 장관 후보자들은 청문회를 통해 Me의 형태로 국민들에게 비춰진다. 해임권도 파면권도 없는 국민들이 그냥 눈으로 소문으로 청문회를 지켜본다. 그런데 그 눈이 매의 눈이다. 후보자들이 영화배우처럼 잘 생기지 않아도 기대가 간다. 대단한 학문적 성과를 이루지 않아도 정책은 잘할 것 같다. 세파를 헤쳐 나가면서 몸에 티끌이 묻어 청백리가 아니라도 믿음직한 가장처럼 보인다.

그런데 청문회가 진행되면서 점점 의아하고 뭔가 이상한 일들이 자꾸 보여진다. 선량한 민초들은 남세스러워 다 혀를 끌끌 차는 일에 본인들은 왜 그리들 당당한가! 얼마나 더 후보자의 보여지는 모습, Me가 후보자가 생각하는 모습, I가 아니라고 귓구멍에 대고 직접 소리쳐야 알아들을 것인가!

뭉크의 절규와
생존의 공포

노르웨이의 화가 뭉크Edvard Munch는 1863년에 태어나 30살이 되던 해에 〈절규〉라는 그림을 그린다. 고교시절 미술교과서에 실린 그림을 보고 강렬한 인상을 받았다가 30년의 세월을 격하여 최근 명화집에서 그 설명을 읽게 되었다.

"어느 날 저녁, 나는 친구 두 명과 함께 길을 따라 걷고 있었다. 한쪽에는 마을이 있고 내 아래에는 피요르드가 있었다. 나는 피곤하고 아픈 느낌이 들었다. … 해가 지고 있었고 구름은 피처럼 붉은색으로 변했다. 나는 자연을 뚫고 나오는 절규를 느꼈다. 실제로 그 절규를 듣고 있는 것 같았다. 나는 진짜 피 같은 구름이 있는 이 그림을 그렸다. 색채들이 비명을 질러댔다."

그림속에서는 다리를 건너고 있는 주인공이 공포에 머리를 감싸고 있고 주변의 하늘은 핏빛 모습으로 오로라처럼 날리고 있다. 우아하고 환상적인 여신의 머릿결이 아니라 정신나간 여자가 산발한듯 아무렇게나 날리고 있고 강물인지 바닷물인지 검푸른 물결은 구름과 맞닿아 기괴한 느낌을 더하고 있다.

이런 그림이 2012년 소더비 경매에서 약 1억 2천만 달러_{당시 원화로 약 1,258억 원}에 팔렸다. 예술을 돈으로 환산하는 것은 적절치 않지만 많은 사람들이 대단한 그림으로 인정하는 것 같아 보인다.

뭉크는 왜 이런 그림을 그렸을까?

노르웨이에서 의사의 둘째아들로 태어난 뭉크는 다섯 살에 어머니를 잃고 열 살에는 동생도 잃는다. 본인은 천식과 기관지염으로 고생하다가 우울증이 심해져 공황장애까지 앓게 된다. 육체적 고통과 상실로 인해 우울증과 광기 그리고 죽음이 가까이 있었던 것이다.

그런데 그가 자신의 내면을 투영해 그린 그림이 사람들의 눈길을 사로잡은 것이다. 뭔가 이상한데 다시 한번 더 바라보게 되고, 또 들여다보면 내 마음 깊은 곳의 심연을 흔들고 내 아픔을 어루만지는 느낌을 준다. '나만 느끼는 불안감이 아니었구나', '이 사람도 이런 느낌을 가지고 있었구나'라는 위로를 던지고 있는 것이다. 1893년에 그려진 이 그림은 80년대 헐리우드에서 제작되어 우리나라에서도 유명했던 〈나홀로 집에〉라는 영화의 포스터로 다시 한번 대중에게 다가온다.

현대인은 말은 안 하지만 불안과 공포라는 정서를 대부분 가지고 있다. 비정규직이기 때문에 언제 회사에서 잘릴

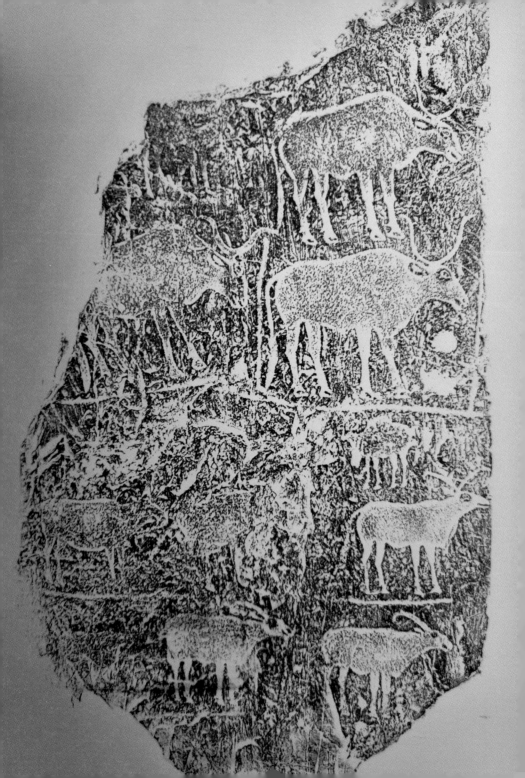

지 모르는 불안감이 있다. 그렇게 되면 핸드폰 비용은 어떻게 낼까? 친구들한테는 뭐라고 설명할까? 아니 친구들이 만나는 줄까? 하는 불안이 옆 회사에서 구조조정을 단행한다는 소문이 들려오면서 공포로 바뀐다. 정규직으로 대기업에 취직은 되었지만 40대에 우수수 명퇴당하는 선배들을 보면서 이제 전세 얻고 갓난아기 하나 낳은 가장으로서 불안감이 스멀스멀 피어오르기 시작한다. 이 아이를 잘 키울 수 있을까? 입시 전형이 수백 가지가 넘는다는데 좋은 대학 가고 직장 잡아 세상을 잘 살아갈 수 있을까? 그러려면 얼마를 물려줘야 할까? 아침부터 저녁까지 온갖 불안한 마음이 떠나질 않는다.

지금 회사는 안정 단계로 들어가고 있는데 구매 계약이 취소되지나 않을까? 세무조사가 또 나오는 것은 아닌가? 노조와 문제가 생기면 어떻게 하나? 잘 돼도 안 돼도 도대체 불안한 마음을 감추기가 힘들다.

과거의 인류는 죽음이 두려웠고 공포스러웠다. 이를 극복하기 위한 인류의 노력이 윤회의 사상이고 사후세계였다.

유교를 믿고 제사를 지낸 우리 선조들은 죽음 이후에도 조상들이 귀신이 되어 후손을 보살핀다는 믿음으로 죽음의 공포를 극복할 수 있었다.

그러나 요즘 우리는 죽음의 공포가 아니라 내가 이 험한 세상에서 잘 살아갈 수 있을까 하는 생존의 공포를 느끼고 있다. 명문대학을 나와서도 40대면 잘릴지 모르는 월급쟁이 신세가 될까봐 두렵고, 대학 가기도 어렵지만 나와봤자 크게 달라질 것 같지도 않은 세상이 무섭다. 과거에 남들이 부러워하는 자리도 이제는 급격히 조롱과 멸시의 대상이 되어 버렸다. 존경심과 권위도 땅에 떨어지고 현관문만 나서면 하이에나 떼들의 싸움이 벌어지는 세상이 내 앞에 전개되고 있는 것이다.

능력이 없고 정서적으로 나약하여 나만 느끼는 일일까? 아니다. 전 세계적으로도 뭉크의 그림이 현대 인류의 마음을 움직이고 영화의 포스터로도 부활하지 않았는가! 그러면 이런 세상을 어떻게 해야 하나? 정치권이 바꿔야 한다고 외치기만 하면 될까? 우리 사회는 〈노블레스 오블리주〉를 애기해 왔다. 가진 자들이 사회에 대한 의무를 이행하지 않는다며 연말연시에 한 번씩 펜으로 입으로 질타를 한다. 그러다 때가 되면 연탄을 나르는 사진부터 김장을 담그고 있는 사진 등 일련의 이벤트들이 시리즈처럼 등장한다. 그러면 우리 사회가 살만한 곳으로 변할 수 있을까?

이제는 그런 감성적인 접근들이 아니라 실체를 변화시켜야 할 때다. 부양할 사람이 없으니 애를 낳아야 한다고 온 나라에 광고할 것이 아니라, 이 시대에 한반도에서 태어난 것이 행복이고 누구에게나 자아실현을 위한 충분한 배려와 지원이 있다고 느끼게 만들어 가야 한다고 본다.

정치권이 문제라고 절규만 할 것이 아니라 제대로 먹물 묻은 지성인과 사회의 혜택을 음으로 양으로 입은 사람들, 종교계의 지도자들을 아우른 '우리 사회의 어른들'이 다같이 나서서 우리의 발전과 행복을 가로막는 제도와 관행을 고쳐나가야 한다.

가장 야만적인
식사

프랑스 파리에 있는 OECD 본부에 2년 간 파견근무를 나간 적이 있다. OECD에서 개설한 불어 반에서 더듬더듬 불어를 배울 때 웬 터키 친구가 먼저 말을 걸어와서 친구가 되었다. 그 친구의 이름은 차가타이라고 터키 상공부에서 파견 나왔는데 차가타이가 칭기즈칸의 아들이라는 뜻이라고 말했다. 내가 구두 뒤축을 꺾어 신고 다니는 것을 보고 틀림없이 한국 사람이라고 생각했다는 것이다. 구두 뒤축을 꺾어 신는 민족은 돌궐족의 후예인 터키와 한국밖에 없다는 것이다. 그리고 한국과 터키는 같은 칭기즈칸의 자손으로 터키가 형, 한국이 동생 이렇게 형제의 나라이니 잘 지내자고 했다. 나이를 따져 보니 내가 3살 위니 자기가 동생하겠다고 하고 첫 만남이니 점심은 형이 사라는 것이었다.

골이 띵한 순간이었다. 이역만리에서 프렌치들한테 당하는 것도 열받는데 점심을 뺏뜯기나 싶은 생각이 들었다. 하지만 OECD 직원도 분명하고 안광이 나름 범상치 않아 흔쾌히 나는 형이 되었다. 그 후 우리는 매일 만났다. 자기도 점심을 계산하는 의리도 있었지만 세계사에 아주 박식했다. 오스만 투르크의 영광을 얘기하기도 하고 1차 세계대전 후 투르크제국이 해체되는 과정에서는 아주 비분강개했다. 유럽 역사에 강해 나의 상식으로 믿을 수 없는 사실을 들었을 때 위키피디아를 찾아보거나 실제 찾아가 확인해 보면 그의 말이 맞았다. 차가타이는 파리에 살지만 크라상을 안 먹는다고 했다.

터키의 전신인 오스만 투르크는 동로마의 수도인 콘스탄 티노플을 1453년에 점령한다. 그리고 그때의 전쟁이 그렇듯 천년왕국 동로마는 완전하게 사라지고 이슬람도시 이스탄 불로 바뀐다. 그 여세를 몰아 오스만 투르크는 오스트리아 비엔나 성을 포위하는데 빈에서도 결사 항전이 일어난다. 지 면 어차피 처참하게 도륙될 것이니 모두가 죽기를 각오한 것이고 밤에 전투식량을 만들던 제빵사가 땅에서 들리는 진동과 소음을 감지하고 사령관에게 보고한다. 적들이 땅 굴을 파는 것 같다고. 포위를 뚫고 파발마가 로마 교황에 보고하고 빈이 무너지면 유럽 전체가 이슬람에 점령되니 기 독교를 믿는 국가와 성주, 기사들에게 빈을 구하라는 교황 의 특명이 떨어진다.

신심에 가득 찬 폴란드 군사들이 야밤에 오스만 투르크 의 배후를 쳤을 때 투르크는 대군이 온 줄 알고 도망을 친 다. 날이 밝아 전리품을 챙기면서 커피콩의 원두 자루가 비 엔나로 넘어가 유럽 전역으로 커피가 퍼진다. 영웅이 된 제 빵사는 이슬람의 상징인 초승달을 본 따 크라상을 만든다.

원수들을 씹어 먹겠다고. 오스트리아의 공주 마리 앙투아네트는 프랑스로 시집와서 고향의 빵이 먹고 싶었다. 파리 크라상이 탄생한 것이다. 거기에 커피 한잔. 우리가 유럽 출장 가면 먹는 콘티넨털 브렉퍼스트의 기원이다. 가장 야만적이고 정치적인 식사가 콘티넨털 브렉퍼스트라고 차가타이는 흥분했다. 나는 커피를 마시면서 그의 말을 경청했다. 옆의 크라상은 차마 못 집어 들고.

만주에 건국될 뻔한
이스라엘

역사에 가정은 없다지만 만주에 이스라엘이 건국되었다면 한국사는 어떻게 흘러갔을까? 청일전쟁에서 승리한 일본은 아시아의 맹주로 서서히 떠오르기 시작한다. 부동항을 얻기 위해 남하하는 러시아와 만주로 북상하는 일본은 1904년 아시아의 패권을 정하는 건곤일척의 결전을 벌이게 된다.

청을 깨고 설치는 극동의 조그만 섬나라를 혼내주고 만

주와 조선을 장악해야 한다는 판단하에 제정러시아 황제는 세계 최강이라는 발트함대를 극동으로 파견한다. 일본 입장에서는 이제 조선을 발판으로 만주로 가야 하는데 북극곰이 버티고 있으니 대결이 불가피하게 된 것이다.

일본은 이미 임진왜란 때부터 서구 총포술과 조선술을 배워 과학기술의 내공이 상승해 있었다. 대서양과 인도양을 돌아오는 발트함대는 해볼 만하다고 판단하고 대한해협 앞바다에서 세계가 보는 앞에서 발트함대를 처참하게 침몰시켜 버린다. 발트함대 사령관이 중상을 입고 포로로 잡히고 총 37척의 함대 중 19척이 격침되어 버린다. 러시아 함대는 뿔뿔이 각자도생하여 3척만 무사히 블라디보스토크로 귀환하고 어떤 함선은 왔던 그 먼 길을 다시 돌아 아프리카 마다가스카르 섬으로 줄행랑을 치기도 했다. 러일전쟁은 산업혁명 이후 동양인이 서구 백인을 이긴 세계 최초의 사건으로 유럽과 미국에 놀라움을 안겨줬고 일본은 아시아에서의 지분과 자신감을 얻어 대동아공영이라는 슬로건을 올린다.

블라디보스토크로 여행갔을 때 러시아 가정집에 머무른 적이 있다. 보드카를 마시면서 그 집 주인과 아들은 러일전쟁에 대해서 소상하게 얘기했다. 러시아 함대가 지구를 반 바퀴 돌아갔기 때문에 이미 함대의 전투력이 많이 손상됐고, 숙적 영국이 개입됐을 뿐 아니라, 선원과 병력 대부분이 죄수들로 충원돼 황제에게 충성심이 없었기 때문에 이기든 지든 상관없는 전쟁이었다고….

그런데 나에게 더 놀랍게 다가왔던 것은 러일전쟁 당시 전쟁 비용의 40%를 월스트리트 유대인인 제이콥 시프가 조달했다는 것이다. 러시아의 유대인 탄압에 대한 보복으로 유대 자본이 일본을 지원했다는 것이다. 이후 일본은 유대 자본의 위력을 실감하고 유대인이 시오니즘을 따라 이스라엘을 건국할 땅을 찾고 있을 때 만주국 내 한 지역을 주기로 하고 유대인과 교섭에 들어갔는데, 이 작전의 이름이 후구계획河豚, 복어이다.

왜 복어계획이라 했을까? 복어는 독이 있다. 복어를 회로

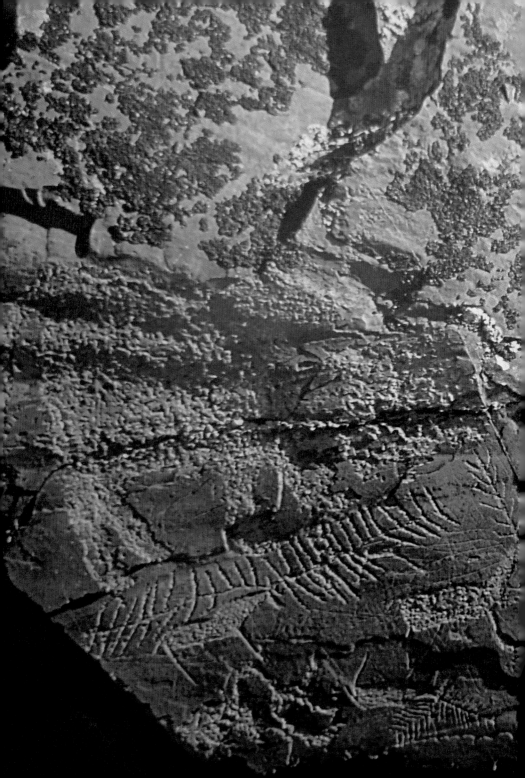

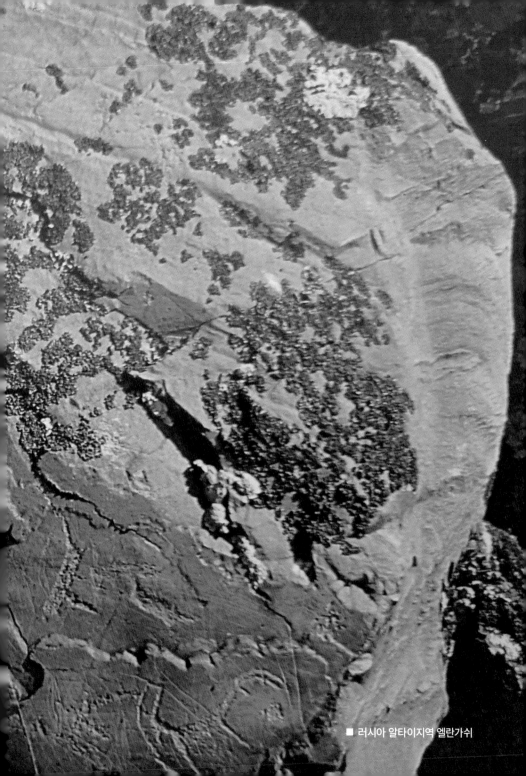

■ 러시아 알타이지역 엘란가쉬

뜬 복사시미는 고급요리지만 잘못 먹으면 죽는다. 유대 자본은 복어처럼 조심스럽게 다뤄야 한다는 것이다. 일본 수상까지 나섰던 이 계획은 일본이 독일과 동맹을 맺으면서 사라져 버린다. 그리고 그 흔적은 블라디보스토크 북방 2시간 정도 거리에 비로비잔이라는 유대인 자치구로 조그맣게 남아있다. 그렇지만 놀랍지 않은가? 우리가 깨어나기도 전에 한반도 주변에서 이런 일들이 일어나고 있었다는 것이.

세계를 흔들고 있는
유대인

2019년 현재 세계 인구는 약 76억 명 정도로 추산되고 있다. 그중 약 0.2%를 조금 넘는 1,700만 명 정도 사람들이 세계 전체의 부 30% 정도를 장악하고 있다면 어떻게 생각해야 할까? 과장하는 사람들은 0.2%에 불과한 이들이 세계 경제력의 60%를 장악하고 세계사의 모든 일들을 뒤에서 조종해 왔다고까지 한다.

2014년 기준 전 세계의 300대 부호 중 35명을 차지하고

2천년 이상 갖은 박해를 받아 세상을 떠돌면서도 자신들
만의 언어와 문화를 간직하고 있는 이들은 유대인Jew이라
불린다.

우리에게 알려진 유대인은 2차 세계대전 당시 독일 히틀
러에게 6백만 명이나 학살당하고 중동 지역에 이스라엘을
세워 중동 분쟁의 원인을 제공한 국가로 알려져 있는 경우
가 많다. 그냥 세계사에 등장한 한 민족이나 국가 정도로
인식하고 넘어가도 되지만, 1997년 외환위기가 우리나라에
터졌을 때 뉴욕 월스트리트의 주요 금융자본이 유대인들
소유인 것이 알려지면서 유대인들이 새롭게 부각되었다.

20세기를 활짝 열어젖힌 컴퓨터 혁명은 유대인으로서 윈
도우를 만든 빌 게이츠의 머리에서 나왔다. 요즘 전 세계를
휩쓰는 페이스북Facebook은 하버드 대학에 다니던 20대의
유대인 마크 주커버그가 하버드 대학을 비롯한 아이비리그
Ivy League 대학의 친구들끼리 네트워킹하기 위해 설립한
SNS 프로그램이 기업화된 것이다. 하버드 대학을 비롯한

동부 명문대학의 30% 정도가 유대인 학생들과 교수들로 이뤄져 있다. 경제학 전공을 보면 아이비리그 대학 교수진의 80% 정도가 유대인이다. 구글Google은 래리 페이지와 세르게이 브린이라는 유대인 청년 2명이 창업한 것인데 지금 구글은 초일류기업이 되어 있다.

60~70년대까지는 프랑스 영화와 프랑스 출신 영화배우가 세계적 대세를 이루었으나, 20세기 들어서는 미국 할리우드 영화가 전 세계를 장악하고 있다. 그중 제일 유명한 감독이자 제작자인 스필버그도 유대인이다. 그가 기용하는 배우도 알려지지는 않았지만 유대인이 많다.

다시 본론으로 돌아가면 예수 그리스도와 12사도가 유대인이고 유대교에서 나온 종교가 로마 가톨릭, 동방정교회, 개신교, 이슬람교이다. 서구 주요 종교의 시조가 되는 셈이다.

서구 자본주의는 아담 스미스의 '국부론'에서 시작되었다.

시장에서 가격의 메커니즘을 '보이지 않는 손Invisible Hand'으로 정의하고 이 가격에 의해 시장이 효율적으로 돌아간다고 했다. 제빵사나 제화공이 종교적 선의에 의해 빵이나 구두를 만드는 것이 아니고 자신들의 이익에 부합하기 위해 만든다고 명쾌하게 정의했다. 데이비드 리카아도라는 포르투갈 출신 유대인은 여기에 서로 교환하면 이익이 서로 극대화 된다는 비교우위설Comparative Advantage을 만들어 냈다. 빵을 열심히 만들고 구두를 열심히 만들어 서로 교환하면 한 사람이 빵도 만들고 구두도 만드는 것보다 서로 이익이라는 것인데, 시장에서 교환이 이익이 된다는 것을 명쾌하게 정리했다. 교환과 자유무역이라는 서구 경제학의 토대가 놓인 것이다.

이 서구자본주의가 제국주의로 달려갈 무렵 또 다른 유대인인 칼 마르크스는 자본주의는 자체 모순으로 무너진다는 공산주의를 창안해 냈다. 이를 실행에 옮겨 제정러시아를 무너뜨린 볼셰비키혁명을 일으킨 레닌도 유대인이다. 그래서 러시아 공산당에는 유대인 간부가 많았다.

레닌 이후 스탈린에게 권력투쟁에서 패해 남미대륙에서 등산용 피켈로 암살당한 트로츠키도 유대인이다. 레닌과 트로츠키 사이의 서신이 공개되면서 레닌이 유대인인가 아닌가에 대해 결말이 명확히 내려졌다. 결국 자본주의와 공산주의는 유대인들의 지적 산출물이라고 본다면 너무 논리가 비약되는가?

1997년 외환 위기 이후 우리에게 익숙해진 골드만삭스는 골드만과 삭스라는 두 유대인 장인과 사위가 만든 회사이다. 리만 브라더스도 마찬가지고. 일일이 열거할 필요가 없지만 '~만'자로 끝나는 상당수 월스트리트 금융자본은 유대계 자본이고 미국중앙은행FRB, Federal Reserve Board 은 이들과 밀접한 관계를 가지고 있다. 실제 역대 의장의 상당수는 유대인 경제학자들이다. 아인슈타인을 비롯한 과학계도 비슷해서 2017년 현재 902명의 노벨상 수상자 중에서 203명22.5%이 유대인이다. 0.2%의 인구가 22%의 노벨상을 배출한다는 것은 놀라운 일 아닌가?

어떻게 이런 일이 가능할까? 성경에 보이는 유대인은 이집트 파라오의 노예로 있었고 로마의 박해를 받았고 나라 없이 전 세계를 유랑했는데… 히틀러가 유대인 600만 명을 학살했을 때 다른 나라 민족들은 왜 가만 있었으며 괴테와 칸트를 배출한 철학의 나라 독일은 지성국가로 유명한데 어떻게 이런 홀로코스트가 가능했을까?

셰익스피어Shakespeare, 1564-1616는 16세기 영국의 문인이다. 『햄릿』이라는 명저를 남겼지만, 그가 지은 『베니스의 상인』에는 안토니오라는 주인공이 유대인 고리대금업자에게 돈을 빌리고 못 갚아 위기에 처한다. 피도 눈물도 없는 악덕 고리대금업자로 묘사된 다른 주인공 샤일록은 돈을 못 갚을 경우 안토니오의 살 1파운드를 베어 낸다는 계약을 한다. 셰익스피어는 이런 반인륜적 계약을 하고 대가로 고리의 이자를 챙기는 인물을 샤일록이라는 유대인으로 설정했다. 르네상스14세기~16세기 이후 깨어난 유럽 사회에 유대인은 피도 눈물도 없는 고리대금업자의 이미지를 가진 것이다.

러시아의 문호 도스토엡스키1821-1881가 저술한 『죄와벌』에서는 순수한 법학도 라스콜리니코프가 흡혈귀 같은 고리대금업자 노파인 알료나 이바노브나를 도끼로 살해하는 장면이 나온다. 이 선한 대학생은 사회의 기생충 하나를 제거하여 공공선公共善을 올릴 수 있다는 자기 확신에서 노파를 살해한 것이다.

셰익스피어 시대나 도스토엡스키 시대나 돈을 빌려주고 이자를 받는 행위는 전통적인 기독교도가 해서는 안 될 일이다. 더구나 이를 고리로 받고 타인의 궁핍을 활용하는 채무상환 방법은 유럽 사회에서 멸시받는 직업이었는데, 유대인들은 이런 환전업과 대금업에 상당한 소질이 있고 많이 종사하고 있었다. 이슬람법에서도 돈을 빌려주고 이자를 받는 행위는 교리상 금지하고 있다. 물론 현실에서는 다른 우회적인 방법으로 이자를 받고 있다.

유대인이 고리대금업에 종사해서 집단적으로 미움을 받았는가? 그것만이 아니다. 성경에서 인간의 몸을 빌려 태어나 신성을 회복한 최고 지고지순한 존재인 예수를 밀고하여 십자가에 못 박히게 한 사람들이 누구인가? 유대 12개 지파 중 율법을 담당한 바리새파Pharisee가 주동을 하였지만 기본적으로는 유대인들이 예수를 처형한 것과 다름이 없는 것이었다. 마녀사냥까지 하던 중세 기독교가 이런 유대인들을 포용할 리는 없었던 것이다.

그래서 유럽에는 유대인들만 모여 사는 집단 거주지가 있었다. 게토ghetto라고 불리는 지역이었는데, 1179년 가톨릭은 라테라노 공의회에서 기독교도와 유대교도는 상호교류를 금지한다고 선언했다. 14세기에는 유대인들이 페스트를 옮긴다는 소문이 돌면서 이탈리아·독일·체코·러시아 등 곳곳에서 경쟁적으로 유대인들을 게토 속에 가두어 놓고 시민권은 안 주고 자치권만 제한적으로 허용해 주고 있었다.

이탈리아의 게토를 예를 들면 유대인이 게토 밖을 외출할 경우 일출 기간 중 허가를 받아 유대인이라고 식별되는 모자나 두건을 쓰고 상의에 황색의 표시를 달고 다녀야 하며, 일몰시에는 다시 게토로 돌아가야 했다. 높게 둘러친 담장 옆에는 이탈리아 출신 기독교도 경비병이 항상 경계를 서고 있었다. 이것이 일반적인 유럽 게토의 모습인데 이중에서도 예외는 있었다.

봉건제의 유럽은 왕실이나 귀족이나 재산을 불리고 관리하는 것이 필수불가결한 조건이었는데, 유대인 중에 재산 관리에 능하거나 회계에 밝은 사람들은 왕이나 귀족의 관재인이 되어 게토 생활을 하지 않고 집사로서 살아가는 경우도 많았다. 유대인 내에서도 계층의 분화가 있었다고 보는 것이 옳은 판단이다.

또 거주 지역을 중심으로 크게 두 파로 분류된다고 보는 것이 일반적이다. 유대인들이 고국을 떠나 살 때에 지금의 북아프리카와 스페인 지역의 이베리아반도로 들어가 정착한 세파르디Sephardi Jews 계열의 유대인이 있고, 독일 중심으로 들어가 북유럽에 퍼진 아슈케나지Ashkenazi Jews 계열의 유대인들이 있다.

중세에는 지중해 지역 물산이 풍부해 세파르디 계열이 부유했고 상대적으로 박해도 적었다고 알려졌으나, 유럽이 깨어나면서 로스차일드Rothchild 가문 등 독일 중심으로 부를 축적한 유대인들이 나타났고, 현재 미국을 중심으로 전세계를 주름잡는 유대인은 아슈케나지 계열이다.

그러면 핍박받던 유대인이 어떻게 게토에서 해방되었을까?

1789년 일어난 프랑스혁명은 자유, 평등, 박애를 모토로 유럽을 휩쓸었고 나폴레옹이 유럽 각국과 전쟁을 하면서 더 퍼졌다. 근대에서 현대로 넘어가는 시점에 등장한 자유, 평등, 박애의 정신은 유럽 각국에서 3색의 깃발을 국기로 채택할 만큼 유행했는데 게토도 이때부터 없어지기 시작했다. 러시아나 중동 지역에 남아 있기도 했지만 서유럽에서는 공식적으로 1870년 로마에 있던 게토를 마지막으로 사라져 버렸다.

이후 유대인은 전통적인 상술, 금융업, 지식산업에 종사하면서 날개를 달기 시작한다. 대금업과 환전업은 은행과 무역업으로 진화하고 과학기술은 원자탄에서부터 구글과 페이스북을 만들어냈다. 할리우드 영화산업은 물론이고 전 세계 음악매니지먼트는 사실 유대 자본이 움직인다고 보는 것이 맞다. 일반인이 소화하기 어려운 오페라를 경량화한 뮤지컬도 유대인들의 새로운 창작 예술이다.

유대인의 이런 힘은 어디서 나올까?

『탈무드Talmud』와 교육방식에서 나온다고 알려져 있다. 우리에게 많이 알려진 유대인식 교육방법은 질문과 토론이 제일 중요한 본질이라는 것이다. 유대인들은 예시바Yeshiva 라는 탈무드와 유대철학을 공부하는 도서관에서 서로 질문하고 답하고 토론하는 하브루타HAVRUTA 방식으로 공부한다고 알려져 있다. 도서관이 조용한 곳이 아니라 서로 초면이라도 생각을 토의하는 장소이고 이런 토론식 공부방법이 유대인의 힘이라는 것이다.

하브루타 교육법은 독서백편의자현讀書百遍義自見이라며 일

단 외우고 보는 우리 교육과는 전적으로 다르다고 언론과 출판에 많이 소개되던 방법이다. 우리는 '하늘 천' '땅 지'라고 일단 외우고 보는 교육법인데 내가 보기에는 무엇이 효과적일지 판단이 서지 않는다. 기본 지식도 없이 토론한다는 것이 빈 수레가 요란하기만 한 일을 만들 수도 있다고 보기 때문이다.

오히려 『탈무드』나 유대인들이 교육에 대한 주제가 구체적이고 실용적이기 때문에 사변적思辨的인 우리나라 교육보다 현대 4차 산업사회에 잘 맞아 들어간다고 보인다. 『탈무드』나 유대교육에서는 제일 비참하고 불행한 것이 가난이라고 한다. 그리고 박해 속에 세상을 떠돌면서 얻은 경험상 제일 믿을 만한 것은 돈이라고 한다. "황금 보기를 돌같이 하라"는 우리와는 너무나 다른 관점이 아닌가!

또 내가 보기에 중요한 것은 유대 민족은 교권일치敎權一致의 사회라는 것이다. 보통의 중동국가는 제사장이 통치하는 신권일치神權一致의 사회이고 고대국가 대부분이 신권

■ 카자흐스탄 탐갈리

일치 국가였는데, 유대인들은 랍비Rabbi를 정점으로 한 교권 일치의 사회구조를 가지고 있다. '랍비'란 말은 히브리어로 '나의 선생님' 또는 '나의 주인님'이라는 뜻인데, 유대교의 사제이기도 하고 교사이기도 하고 정치지도자이기도 하다. 이들은 기본적으로 『구약성서』와 『탈무드』에 대해 정통하고, 교육활동에 폭넓게 참여할 뿐 아니라 유대공동체의 사업과 봉사에 관여하는 큰 어른이다. 랍비들은 기본적으로 사제이지만 마을에서 제일 똑똑한 선생님이다.

예루살렘이 로마에 포위되어 항복을 할 때 유대인들이 내건 유일한 항복 조건이 학교에서 교육을 하는 것은 허용해 달라는 것이었다고 한다. 그러면 지금은 비록 항복해도 재기가 가능하다고 랍비들이 판단한 것이다.

유대인들은 매주 시나고그Synagogue라는 자신들의 교회당에서 예배도 드리고 집회도 하며 교육과 사교도 한다. 유럽의 도처에 그리고 미국에도 유대교회인 시나고그가 있고 그곳이 유대 커뮤니티의 구심점 역할을 한다.

나는 1993년경 UN의 훈련생으로 선발되어 벨기에 안트베르펜Antwerpen에서 한 달 동안 연수를 한 적이 있다. 안트베르펜은 1920년도에 올림픽이 개최될 정도로 부자 도시이고 우리에게는 친숙한 〈플란더스의 개〉라는 영화의 무대이기도 하다.

내가 한 달 동안 머무르면서 놀란 것은 안트베르펜에서 만들어지는 수제 맥주가 100여 종류가 넘는다는 것이다. 일과 후 이곳저곳을 다니며 여러 종류의 맥주를 마셔보는 것은 당시 한국에서는 갖기 힘든 귀한 경험이었다. 3주가 지나 마지막으로 떠나기 직전에 내가 알아챈 것은 안트베르펜이 세계 최대의 다이아몬드 가공지라는 것이다. 남아프리카 공화국에서 다이아몬드 원석을 캐면 안트베르펜으로 이송되어 정교하게 가공되고, 이것이 뉴욕의 티파니에서 고가로 팔리는 것이다. 이 생산-가공-판매의 밸류체인Value Chain 모두 유대인들이 장악하고 있었다.

「다이아몬드는 영원히」라는 광고로 세계 다이아몬드 시

장을 석권한 드 비어스De Beers는 남아공에서 다이아몬드를 최초로 발견한 드 비어스 형제의 이름을 따서 1888년 세실 로즈Cecil Rhodes가 설립했지만, 세계적 회사로 도약하기 위해 자금을 댄 것은 로스차일드 가문이다. 수에즈 운하를 개발하고 이집트 투탕카멘왕을 발굴한 것도 로스차일드 가문인데, 금융이나 석유 등에 유대 비즈니스로 성공 사례를 들자면 끝이 없다.

그러나 굳이 다이아몬드 시장을 예로 드는 것은 이들이 생산-가공-판매라는 수직계열화를 이뤘다는 것과 사업의 영역이 지구의 남반구와 북반구를 넘나든다는 것이다. 러시아에서 대규모 다이아몬드 광산이 발견된 적이 있다. 그냥 두면 공급이 늘어나 다이아몬드 가격이 폭락할 것이라 예상되자 드 비어스는 그 광산을 사 버리고 출하량을 조절하고 있다. 참으로 대단한 비즈니스 능력이다.

유대인들은 성경에서도 보이듯 박해를 많이 받았다. 그냥 꿀밤을 얻어맞는 정도의 박해가 아니라 생사가 왔다 갔다

하는 박해다. 중세시대 금화에 황제의 얼굴을 넣어 주조하는 것은 로마 이후의 관습이다. 순금 100%를 보장한다는 증표로 금화에 황제의 얼굴을 넣었고, 이는 정치적 통제력도 강화하고 화폐의 안정성도 도모하는 수단이었다. 화폐 발행은 주로 유대인들이 많았고 약간의 수수료도 받았다.

황제는 어느 날 금을 95%만 쓰고 5%는 구리를 몰래 섞었다. 사람들은 모르고 시장에서 유통했다. 재미도 나고 돈도 벌자 황제와 집권층은 구리를 더 섞기 시작했다. 금 50%에 구리 50%를 섞어 순도 100%라 주장하고 남는 금 50%는 뒤로 챙겼다. 사람들은 순금 화폐는 집에 감추고 구리 섞인 돈만 시중에 유통시켰다. 악화惡貨가 양화良貨를 구축하는 현상이 나타난 것이다. 시장이 마비되고 경제가 안 좋아지자 폭동의 기미가 보였다. 황제는 선제공격을 가한다. 화폐를 만드는 저 유대인이 불순물을 섞었다. 성난 군중이 유대인의 상점을 약탈하고 생명도 위협한다. 통제가 안 되는 상황에서 유대인은 들고 갈 수 있는 것 중 돈 되는 것만 들고 야반도주한다.

도시는 다시 평안해지고 황제는 100% 순금 화폐를 다시 발행한다. 중세에 간혹 있었던 일이다. 항상 정치권력으로부터 피해를 받았던 유대인은 미국에 정착하면서부터 힘을 키우기 시작하여 이제는 정치권력을 좌우하기까지 이르렀다.

미국의 정치권력은 언론의 견제를 심하게 받는다. 워터게이트 사건도 언론의 보도로 촉발된 것이고, 어떤 정치권력도 언론의 견제를 받지 않을 수는 없다. 그중 가장 영향력 있다는 『뉴욕타임즈』 『월스트리트 저널』이 유대인 소유이다. NBC, ABC, CBS 방송이나 AP뉴스 같은 통신사도 유대인 소유이다. 미국과 같이 선거민주주의를 취하고 언론의 힘이 큰 나라에서 대통령이 유대 커뮤니티에 반하는 정책을 발표할 수 있을까?

미국에는 에이픽AIPAC, American Israel Public Affairs Committee, 미국-이스라엘 공공문제위원회라는 단체가 있다. 1954년 미국에 있는 유대인 지도자들을 중심으로 설립된 단체인데 워싱턴을 중심으로 미국 정부에 유대인과 이스라엘과의 협력문제 등을 담당하고 있다. 매년 열리는 AIPAC의 연례회의에는 미국 대통령과 상·하원의원이 대부분 참석한다. 선거자금의 최대 기부자요, 여론 형성을 하는 대부분의 언론이 AIPAC의 영향력에 있기 때문이다.

유대인의 정·관·재계와 문화예술계에 대한 영향력은 보통 『탈무드』와 하브루타라는 교육방법에서 나온다고 우리나라에 알려져 있다. 나는 유대의 성인식이 더 중요한 요인일수도 있다는 점을 꼭 첨언하고 싶다.

유대 성인식에 무슨 일이 있기에 그럴까?
유대인들은 남자의 경우 13세에 바르 미쯔바Bar Mitzva라는 성인식을 해 주고, 여자의 경우 12세에 바트 미쯔바Bat Mitzva라는 성인식을 해 준다. 바르Bar 는 아들, 바트Bat는 딸을 뜻하는 히브리어이고 미쯔바Mitzva는 율법 또는 계약을 뜻하니 계율대로 사는 아들, 딸 또는 신과 계약 맺은 아들, 딸이 된다. 이 성인식에서 성인이 되는 유대 소년, 소녀는 모세가 시나이 산에서 받았다는 율법인 모세5경토라을 읽고 성경과 손목시계 그리고 축의금을 친지들로부터 받는다.

성경을 받으면서 이제는 신과 직접 대면하고 책임도 지라는 영적 성숙을 인정하는 것이고, 시계는 시간을 잘 지키고 귀히 여기라는 의미로 준다. 축의금을 가족과 친지들이 주는데 이게 그냥 용돈이 아니다. 미국 중산층 유대 가정의 경우 보통 6만 불^{한화 7천만 원} 정도가 모인다고 한다.

부모는 이 돈을 이제 성인이 된 아들, 딸의 명의로 투자해 놓는다. 예금을 들거나 채권을 사놓거나 우량주식을 사두거나 해서 최대한 수익이 많이 나올 수 있는 곳으로 투자를 해 놓는다. 이후 자녀들이 고등학교를 마치는 18세경이 되면 원금을 포함하여 늘어난 이 돈을 다시 아들, 딸에게 준다. 부모의 관리 능력에 따라 6만 달러는 늘어날 수도 있고 줄어들 수도 있다. 중요한 것은 사회를 나서는 자녀들이 일단 목돈을 들고 자기 재산을 어떻게 불릴지 생각하며 살아간다는 것이다.

대학교를 4년 졸업하고 중간에 군대 2년 갔다 오고, 그리고 학원에 다니며 취업을 준비하는 우리나라 아들 딸들과 군대도 가지 않고 18세에 자기 돈 6만 달러 + α를 들고 세상에 나가는 아들 딸들과는 어떤 결과가 나타날까? 더구나 전 세계에 걸쳐 유대 민족의 네트워크가 있고 시나고그에만 가면 서로 교류할 수 있는 동포가 가득한데!

러시아와
슬라브 문화권

현재의 글로벌 세계를 주도하는 한 축으로 러시아와 슬라브 문화권을 살펴보지 않을 수 없다. 앵글로 색슨계의 영·미 국가들, 이들에 대항하는 프랑스권 프랑코폰 컨트리들, 무적함대를 자랑했던 스페인과 그들의 후예가 지배하는 남미 국가들 위에 지구에서 가장 추운 곳에 러시아가 있다. 러시아 인구는 현재 1억4천만 명으로 195개국 중 9위지만 면적은 세계 1위이다.

알래스카를 미국에 팔고 난 뒤 과거 소비에트 사회주의
연방공화국이라 불렸던 소련에서 11개국이 독립하여 독립
국가연합CIS, Commonwealth of Independent State 을 결성하여 나갔
지만 현재도 면적으로 보면 한반도 위 극동 지역부터 중앙
아시아를 통해 동부 유럽까지 뻗쳐 있는 최대 면적의 국가
이다. 그리고 유럽과 아시아, 즉 유라시아에 걸쳐 이들의 문
화가 스며들어 가 있다.

슬라브Slav 라는 말은 러시아어 또는 러시아어의 모태인
고대 불가리어로 '영광'이라는 뜻이다. 그런데 그런 영광스런
민족은 보통은 겨울에 영하 30도까지 떨어지는 지역에는
잘 살지 않는다. 그래서 중세 10세기경에는 주로 유럽인들
에 잡혀가서 노예생활을 했다. 영어로 노예를 뜻하는
'Slave'는 슬라브 사람들이란 뜻이었다. 또 몽골이 강성했던
시절에는 몽골에 복속되어 있었기 때문에 유럽인으로 분류
되지 않았던 시절도 있었다.

이런 러시아를 강대국으로 만든 이는 표트르대제Peter the

Great, 1672-1725이다. 우여곡절 끝에 왕위에 오른 그는 당시에 남아 있던 몽골의 잔재를 일소하고 서구화 정책을 내걸어 러시아를 서구의 일원으로 확실하게 각인시킨다. 황제 본인부터 네덜란드에서 선박 건조술을 직접 배우고 프로이센에 부사관으로 가장하여 입대한 후 대포술을 습득한다. 항해술과 기타 과학기술을 습득하여 당시의 전문가 수준이 된 후 러시아를 단기간에 열강의 반열에 올려놓는다.

지금 우리는 러시아를 백인들이 통치하는 서유럽 국가로 인식하지만 실제 모스크바에 가 보면 몽골의 후예가 심심찮게 눈에 띄고 아시아 쪽 러시아에는 훨씬 더 많이 보인다.

러시아가 세계사의 주역으로 확실하게 등장한 것은 1917년 일어난 공산혁명이 성공하여 표트르대제의 후손인 로마노프 왕조를 끝내고 소련이 성립된 때부터이다. 레닌 이후 소련은 스탈린이 트로츠키와의 권력투쟁에서 승리하고 공업화와 근대화에 성공한다. 공산주의라는 국가철학의 종주국이자 경제력을 바탕으로 동유럽과 서구

열강에 침탈당했던 아시아 국가에 원조를 하면서 소련은 전 세계에 공산주의 혁명을 수출한다. 미국과 맞서는 양극체제가 글로벌하게 형성된 것이다.

소련의 공산화 지원은 광범위하고도 치밀하게 진행되었는데 고문관을 파견해 군사, 정치, 사상에 관한 것들과 경제적 지원까지도 포함했다. 더구나 중국이 공산화하고 베트남까지 공산화되면서 그 맹주인 소련의 위상은 미국을 능가할 정도가 된 것이다. 중국 상해를 여행하다 보면 공산혁명 기념관이 있다. 대장정 당시 사진과 일화도 있고 사상 토론과 군사를 지휘하는 모습들도 재현시켜 놓았는데 내 눈에 가장 강렬하게 다가온 것은 모택동과 그 친위 간부들과 어깨를 나란히 하고 있는 소련 고문관들의 사진이었다.

소련은 우리나라와도 밀접했는데 1920년대에는 조선에 설립된 조선공산당이 지나치게 지식인 위주의 엘리트 정당이라 해산을 명령하기도 했다. 또 베트남의 호치민, 식민지 조선의 박헌영 등 아시아에서 소련이 보기에 가능성 있다는 미래 지도자를 모스크바에 초청하여 상호교류하기도 하였다. 아울러 조선을 이끌 지도자를 선정하기 위해 김일성과 박헌영을 따로 불러 정견을 들어보기도 하였다고 한다.

미국과 소련의 냉전체제에서 누가 먼저 달에 가는가로 전쟁 같은 탐사경쟁이 일어난다. 또 자본주의 시장경제가 나은가 중앙집권적 계획경제가 나은가에 대한 철학적 대결도 지속된다. 전 세계가 미국과 소련의 양 진영으로 나뉘어 대결을 벌이다가 소련은 고르바초프, 옐친을 거치면서 해체된다. 위성국가로 불렸던 동유럽 국가들도 시장경제를 취하고 우즈베키스탄 등 '~탄'자 돌림 11개의 연방국이 CIS 국가로 독립하자 소련이 몰락하고 러시아도 몰락하는 것으로 보였다.

그러나 지금의 러시아는 새로운 강대국으로 글로벌 세계에 등장해 있고 과거 소련연방국과 위성국가들 중심으로 슬라브 문화권을 형성하고 있다.
러시아와 슬라브 문화권을 묶는 가장 강력한 힘은 무엇

■ 카자흐스탄 탐갈리

일까?

　나는 동방정교회Orthodox Catholic Church라고 본다. 같은 종
교를 믿기 때문에 문화가 같고 생활양식이 비슷해지고 일
체감이 유지된다. 그러면 그리스 정교회, 러시아 정교회 같
은 것들은 무엇이고 천주교라 부르는 로마 가톨릭과 다른
것인가? 같은 것인가? 글로벌 세계를 이해하기 위해 우리는
세계의 주류 종교에 대해 조금 살펴보자.

　기독교는 원칙적으로는 천주교와 개신교를 합하여 부르
는 말이다. 개신교는 로마 교황청에서 시작된 천주교로마 가톨
릭, Roman Catholic의 면죄부 판매에 반발하여 나온 종교로 프
로테스탄트Protestant라 불리는 종교다. 서양사회가 로마 가
톨릭천주교, 구교과 프로테스탄트개신교, 신교로 나뉘어 서로 죽
이는 잔인한 종교전쟁을 했고, 신교는 미국에 건너가 꽃을
피웠다. 거기서 장로교·감리교·성결교·침례교 등의 프로테스
탄트 종파가 생겨났고, 이들 개신교가 우리나라에 선교되면
서 같은 기독교이지만 천주교와 구별하여 개신교라는 이름

으로 불리고 있다.

그러면 천주교Catholic면 천주교이지 로마 가톨릭은 무엇인가? 로마 가톨릭이 아닌 가톨릭이 있는가? 쉽게 얘기하면 로마 가톨릭이 아닌 가톨릭을 정교회Orthodox Catholic Church라 보면 된다. 로마에 비해 동쪽에 있기 때문에 동방정교회라 불리고 로마 가톨릭이 1964년까지는 라틴어로만 미사를 드린 반면에 동방정교회는 지역 실정에 따라 그 나라말로 미사를 드렸기 때문에 그리스 정교회, 러시아 정교회 등으로 나뉘어 불린다.

서양사를 관통하는 구심점이던 가톨릭은 왜 나뉘어져 사람을 헷갈리게 할까? 주지하다시피 예수와 열두 제자는 다 유대인들이다. 예수의 가르침을 따르고 그 사상을 전파하던 열두 제자는 당시 세상을 통치하던 로마에 의해 대부분 처형당하는 순교를 하게 된다. 로마는 제우스를 주신으로 하는 다신교를 믿고 있었고 그 신의 대리인이 로마 황제인데 예수와 그 제자들은 그것을 부정하고 예수가 신의 아들이라 주장하고 다신교는 우상을 섬기는 것이라 하였다. 예수의 사후에 기독교는 번성해 나가고 로마 관헌은 처형을 포함하여 계속 박해를 하고 있었다.

당시 세계를 제패했던 로마도 슬슬 제국의 힘이 빠지면서 광활한 영토의 각 전선에서 이민족의 침입과 국지적 소요를 겪던 시절이었다. 제국을 4두체제로 나누어 로마를 기점으로 한 서로마와 이집트 동쪽 지역을 통치하는 동로마로 분할통치가 지속되고 있었다. 이 혼돈의 최종 종착점은 A.D. 312년에 로마 근교의 말뵈우스 다리에서 콘스탄티누스Constantinus와 막센티우스Maxentius가 로마의 황제 자리를 놓고 마지막 대결을 벌인 것이다. 콘스탄티누스대제는 전날 꿈속에서 십자가의 환영을 본다. 그리고 "이 표식으로 너는 승리하리라"라는 음성을 듣고 자신의 군대 모든 병사의 방패에 십자가를 칠하고 전투를 치르고 실제로 대승을 거둔다.

황제가 된 콘스탄티누스는 313년에 밀라노 칙령을 내려

기독교에 대한 박해를 금지하고 종교의 자유를 허용한다. 이후 기독교는 로마제국의 우산 속에서 서구 문화의 중심을 차지한다. 당시 로마가 서로마와 동로마로 나뉘어져 있듯이 교회도 서로마교회와 동로마교회로 나뉘어져 있었다. 문제는 서로마제국이 지금의 독일, 당시에는 야만족으로 알려진 게르만 용병부대에 무너진 것이다. 서로마제국은 무너졌지만 서로마교회는 게르만족의 포교에 성공한다. 문명국인 로마제국의 국교라는 것이 게르만족에게 통했고 서로마교회는 동로마 황제로부터 슬슬 벗어나기 시작하는 계기가된다.

콘스탄티누스대제가 로마의 유일 황제가 되면서 수도를 로마에서 비잔틴으로 옮겨 콘스탄티노플로 개명했고 게르만족의 침입도 없이 그대로 로마의 정통성을 지키고 있다고 본 동로마는 모든 면에서 서로마교회보다 우위에 있다고 보았다. 그러나 동로마와 서로마교회는 서로 분열의 길을 가다가 1054년 콘스탄티노플의 성소피아 성당에서 서로를 기독교 신앙에 대한 이단으로 파문해 버린다.

■ 카자흐스탄 탐갈리 무당그림 탁본

사는 지역이 달라지면 묘하게도 사람들의 말이나 행동, 생각도 달라지는 경향이 있는데 로마와 콘스탄티노플은 너무 멀리 떨어져 1000년 정도를 따로 살아오다 보니 교회사제들도 복장이나 수염, 예배의 형식 등에서 약간씩 달라졌다. 동로마에서는 동방의 영향을 받아 신비적인 종교관과 영적체험이 강조되면서 사제들도 수염을 기르고 복장도 서로마교회와 달라졌다. 서로마에서는 로마법의 영향을 받아 논리적이고 성서 중심적인 교회와 위계가 강조되고 당시 문맹인 일반 민중을 교화하기 위해 십자가와 성물들을 많이 활용하였는데 이걸 동로마교회에서 우상숭배라 주장한 것이다.

거기에 필리오케Filioque 논쟁까지 분열을 결정적으로 부추겼다. 가톨릭교회의 기본 교리 중 하나는 성부와 성자, 성령이 하나라는 삼위일체론三位一體論이다. 성부하나님, 성자예수 그리스도, 성령이 하나라는 삼위일체론은 니케아 공의회에서 이를 부정하는 아리우스Arius 파와 아타나시우스Athanasius파와의 교리 대결이 있었다. 서로에 대한 이단논쟁을 콘스탄티누스대제가 지금의 터키 니케아 지역으로 사제들을 소집하여 직접 듣고 아타나시우스파의 삼위일체론을 정통으로 인정한 것이다.

이로써 예수 그리스도가 신의 피조물로서 제일 높은 존재라는 아리우스파의 예수 피조성은 이단이 되어 버린다. 성부와 성자는 동일한 본질이며 영원히 공존하고 창조된 것이 아니라 나신 것이라는 삼위일체론이 정통교리로 확립되었다.

당시 성경의 표준 언어는 그리스어로 쓰여진 동로마의 성경이었고 서로마교회는 이를 라틴어로 번역한 성경을 사용하고 있었다.

그런데 그리스어 성경 원문 중 "성령은 성부에게서 발發하시고토 에크 투 파트로스 에크포류오메논 τό εκ τού Πατρός εκπορευόμενον"라는 구절은 서로마의 라틴어 번역본에서 "성령은 성부와 성자에게서 발하시고퀴 엑스 파트레 필리오케 프로세디트 qui ex Patre

Filioque procedit"로 바뀌어 사용되고 있었다. 여기서 라틴어 필리오케Filioque는 'and the Son'그리고 성자에게서이라는 뜻이다.

그리스어 원문에는 "성령은 성부에게서 발한다"라고 되어 있는데 번역본인 라틴어에는 "성령은 성부와 성자에게서 발한다"라고 되어 있었던 것이다. 니케아 공의회 이후 381년에 정통으로 채택된 니케아-콘스탄티노폴리스 성경의 그리스어 원본에는 없던 구절이 나타난 것이다.

동로마교회는 성령은 성자에게서는 나올 수 없고 이는 성경의 원문을 위조한 이단이라 주장하였고, 서로마 측에는 원래 있던 것을 동로마의 그리스 성경에 처음부터 잘못 해석되어 기록된 것이니 이것이 이단이라고 주장하였다.

이런 이단논쟁은 왜 일어났을까?

당시 교황은 로마의 황제가 임명하였다. 박해하다가 그것을 멈추고 국교로 인정해 줬으니 당연히 교황은 황제 밑에 있었고 황제가 동로마에 머물렀으니 동로마교회가 서로마교회를 리드하는 것이 당연시 되었다.

그런데 만일 성령이 성자_{예수} 그리스도에게서도 발한다고 해석되고 인정된다면 어떤 일이 생길까? 서로마교회의 초대 수장이자, 초대 교황은 예수가 천국의 열쇠를 맡겼다고 알려진 베드로이다. 신_神 예수로부터 명시적으로 교회의 수위권을 받은 사람인데, 서로마교회는 베드로의 순교를 기려 베드로의 무덤 위에 지어진 것이다.

결국 서로마교회-베드로-성자_{예수}로 연결되는 라인에서 성령이 성부_{하나님}에서도 발하고 성자에게서도 마찬가지로 발한다면 서로마교회와는 동로마교회로부터 독립적으로 운영되거나 오히려 우위에 설 수도 있는 것이다. 또 서로마교회는 로마 황제로부터 독립해 만만한 게르만족의 왕들을 흔들어 볼 수도 있는 것이다. 결국 두 교회는 서로를 이단이라고 파문해 버리고 각자의 길을 가게 된다.

이후 서로마교회는 로마의 바티칸을 정점으로 일사불란한 지휘 체계를 갖춘 세계 최대의 종교 단체가 되었다. 1964년까지는 모든 미사가 라틴어로 진행되었고 미사의 의

식이나 절차도 전 세계가 동일했다. 반면 동방정교회는 교회가 있는 나라의 모국어로 미사를 드린다. 교회 조직도 러시아 정교회, 그리스 정교회 등 각 국가의 상대적 자율성을 인정하여 발전해 왔다.

동방교회의 성당은 파리나 로마 등 서유럽에 많은 고딕 양식의 성당과는 다른 건축양식을 가진 것들이 많다. 그중 가장 아름답다는 러시아 모스크바의 성 바실리성당 St. Basil's Cathedral을 예를 들어 보면, 성당의 첨탑 부분이 양파 머리처럼 보인다. 이것은 쿠폴 coupole, kupol 이라고 프랑스어로 둥근 돔 양식을 뜻하는데 신을 향해 촛불처럼 타오르는 신자들의 믿음과 기원, 성령 충만을 뜻한다.

쿠폴 위에는 십자가가 있는데 서로마교회의 열십자형 십자가에 가운데 가로형의 바가 하나 더 있어 슬라브 십자가라 부른다. 예수가 처형될 당시 어깨 위에 머리 부분을 뜻하는 막대기를 하나 더 넣었고 발 받침대가 약간 비스듬히 있다. 오른쪽 올라간 부분은 예수의 오른쪽에 있던 선한 도둑 디스마스Dismas를 뜻하고 왼쪽은 죽음에 있어서도 회개하지 못한 악한 도둑 게스타스Gestas를 뜻한다. 동방교회는 외견상으로도 로마교회와 다른 모습을 보인다.

슬라브 문화권을 엮는 또 다른 키워드는 자작나무이다. 자작나무는 위도가 높은 추운 지역에서 자라며 목재가 단단하고 곧기 때문에 영험한 나무로도 인식되기도 한다. 자작나무에서 자일리톨 성분이 추출되어 껌에도 이용되기도 하지만, 백설이 천하를 덮은 북반구에서는 자작나무로 지붕을 해서 덮고 화톳불을 밝혔다. 껍질이 종이처럼 하얗게 벗겨지고 얇아서 사랑의 밀어를 써서 전하기도 했던 이 나무는 겨울이 몹시 추운 북반구에서는 실용성과 서정성 두 가지를 다 간직하고 있는 나무이다.

평안북도 정주 출신으로 1930년대 모더니즘을 이끌었던 시인 백석의 시 중에 자작나무를 읊은 「백화白樺」라는 시가 있다.

산골집은 대들보도 기둥도 문살도 자작나무다
밤이면 캥캥 여우가 우는 산도 자작나무다
그 맛있는 모밀국수를 삶는 장작도 자작나무다
그리고 감로같이 단샘이 솟는 박우물도 자작나무다
산 너머는 평안도 땅도 뵈인다는 이 산골은 온통 자작나무다

_ 백석, 「백화(白樺)」, 『조광』 4권 3호, 1938.3

우리나라도 함경도 지방은 러시아와 국경을 마주하고 있으니 슬라브 문화권의 맛을 약간은 알고 있는 것 같다. 백석이 이 정도 읊는다면 슬라브 문화권이 자작나무에 느끼는 감정은 어느 정도일까?

러시아와 슬라브 문화권은 춥다. 전쟁의 신 나폴레옹이 모스크바를 점령했지만 추위에 패했다. 독일도 소련을 침공했지만 결국은 추위에 패했다. 그래서 러시아는 '1월 장군 General January' '2월 장군General February'이라는 말이 있다. 겨울 추위, 즉 동장군 중 1월 장군과 2월 장군이 적군을 박살냈고 앞으로도 패퇴시킬 것이라는 뜻이다. 실제 영하

20도를 넘어가는 경우 자동차의 배터리가 나가 버리는 경우가 많다.

또 사람의 신체부위 중 머리를 노출하고 강추위에 다니는 경우 실핏줄이 터져서 약간의 뇌졸중 현상을 보이는 경우도 있다. 그래서 러시아 문화권에서는 겨울에 항상 모자를 쓴다. 모자도 머리에 딱 붙는 것이 아니라 속에 공간을 넣어 올라가는 형태이다. 이는 해빙기 고드름이 녹아 머리로 떨어질 때 바로 떨어지면 대형사고가 나지만 머리 위 약간이라도 공기가 있으면 쿠션 작용으로 고드름이 송곳처럼 떨어지는 것을 방지해 주기 때문이다. 추위가 패션을 결정하는 것이다.

이런 추위를 견디기 위해 발달한 술이 보드카다. 표준 도수 40도로 설정되어 있지만 실제로 60도나 70도짜리 보드카도 있다. 추위를 견디기 위해 하도 마셔서 러시아 남자 중 30대를 넘어서 멀쩡한 사람이 없다는 농담도 있지만 전세계 누구나 알아주는 술임에는 틀림없다. 슬라브 문화권은 러시아를 맹주로 해서 보드카와 자작나무를 양손에 들고 지구상 최고 넓은 지역에 분포하고 있다.

블랙타이(Black Tie),
장례식 패션이 아니다

패션이 권력이라는 말이 있다. 로마시대의 귀족들은 주로 보라색의 토가라는 옷을 입었다. 중국 사람들은 빨간색을 좋아한다. 귀신을 쫓고 돈을 부른다는 색이다. 하지만 황제는 노란색을 입었다. 만약 제후국왕이 황룡이 그려진 노란색 용포를 입고 있으면 이는 반역으로 간주되는 것이다. 그래서 옷의 색깔이나 복식에는 상당한 문화적 정치적 의미가 내포되어 있다.

사회가 성숙하면서 공식 비공식 모임이 많이 생긴다. 그럴 때 무슨 옷차림으로 나가야 격에 맞는지 고민이 생긴다. 어떤 모임은 초청장에 올지 말지 알려달라는 R.S.V.P. 표시와 함께 드레스 코드를 명시하여 보낸다. 이때 'Dress Code: Black Tie'라고 쓰여진 초청장을 보면 생각에 잠긴다. 블랙타이라면 검정 넥타이를 매고 오라는 것인가? 이것은 문상 패션인데….

부끄럽지만 나는 OECD에 가서야 무슨 뜻인지 명확히 알게 되었다. 근무 중 어떤 행사가 있을 때 드레스 코드가 뭐라고 항상 정해져 있었다. 대충 세미 양복으로 근무하다가 그냥 가기도 하였고 여름에는 노타이로 편하게 다니다가 잠시 들렀다가 사라지기도 했다. 같이 근무했던 동료 중에 이집트 출신이 있었다. 모델 같은 외모에 불어가 완벽했던 그와 어느날 편하게 커피 마시던 중 그는 나에게 드레스 코드를 젊잖게 설명해줬다.

아는 만큼 보인다던가? 나와 중국에서 온 친구 한 명 빼

고는 다들 드레스 코드를 지키고 있었던 것이다! 블랙타이
는 파티복장이다. 일이 잘 끝났으니 와인 한잔 하면서 놀다
가 가자는 분위기에서 파티에 걸맞게 턱시도를 입고 오라
는 것이다. 공장 얘기는 절대 하지 말고 재미있고 유쾌한 대
화 소재를 가지고 오고.

구글코리아에 근무하는 후배가 있다. 싱가포르에 있는
친구의 국제결혼식에 초대받았는데 턱시도 복장으로 오라
는 당부를 수차례 받았다 한다. 신부 집안에 가오 떨어지면
안 되니 턱시도와 그에 맞는 와이셔츠, 구두를 맞춰 입고
와달라는 부탁이었는데 비행기 값에 옷값에 복장까지 지정
해 주니 이 후배도 처음에는 상당히 당황했었다고 했다.

영국에 상사 주재원으로 근무했던 친구는 영국 왕실에
서 주최한 파티에 초대받은 적이 있다고 했다. 본실에는 못
들어가고 가든에만 한정된 파티였다고 하는데 드레스 코드
가 화이트 타이White Tie라는 것을 보고 하얀 양복에 백구
두를 구하러 다니느라 고생했다고 한다. 나중에 화이트 타

■ 카자흐스탄, 탐갈리

이가 왕실 주관 파티의 최고 의전용 연미복 패션이라는 것을 알고 가슴을 쓸어내렸다고 하는데 친구인 나는 노포에서 막걸리를 하면 간혹 농을 던진다. 모시 적삼에 백구두 패션으로 가서 대한의 기개를 영국 왕실에 떨치고 왔었어야 했다고. 우리나라의 국격이 점점 높아지고 있다. 이제는 우리의 패션문화도 글로벌화 될 때가 된 것 같다.

WASP의 나라
미국

미국은 전 세계 UN 가입 195개국 중에서 가장 강한 나라다. 최고의 경제력과 군사력을 가지고 세계를 리드하며 스스로를 세계 경찰 국가, World Police Country라고 부르기도 한다. 미국을 대하는 세계인의 태도는 영주권이나 시민권을 얻으려 원정 출산을 감행하는 사람도 있고, 미국 대사관에 자살폭탄을 시도하는 사람도 존재하는 극단적인 경우로 나뉘기도 한다.

현재 우리나라 사회의 엘리트 계층은 보통은 미국 물을 먹고 온 사람들이다. 한국에서 학부를 졸업하고 미국에 유학해서 MBA를 하거나 박사학위를 따고 돌아와서 학계나 재계에 몸을 담는다. 한국에서 대학별 고교별 또는 출신 지역별로 향우회 모임을 하는 것과 비슷하게 자기가 유학한 미국 대학별로 한국 동문회를 구성하여 모임을 가지고 서로 인적 네트워크를 유지한다.

미국에 유학 가는 학교는 크게 동부 지역 학교와 서부 캘리포니아 쪽 학교로 대별된다. 미국의 동부는 뉴욕을 중심으로 아이비리그Ivy League 대학들이 이끌고 있다. 지금 우리나라의 상층부를 구성하는 파워엘리트를 이해해야 한국 사회를 더 잘 이해할 수 있다. 이는 동남아시아 국가의 리더들이나 유럽 국가의 리더들도 미국 대학을 유학한 사람들이 많기 때문에 미국에 대해 어렴풋하게나마 알아보는 것이 필수라고 본다.

미국의 역사를 간단히 살펴보면, 미국 땅에 인디언들만

있던 황량한 시절에 영국에서 종교의 자유를 찾아 새로운 대륙이 있다는 아메리카로 건너간다. 당시의 종교는 인간의 영혼뿐만 아니라 생활방식을 규율하고 유사시 처형까지 할 수 있는 막강한 상위개념이었다. 가톨릭과 이슬람의 싸움이 그러했고 기독교 내에서 생긴 가톨릭과 개신교의 갈등은 돌아서기만 하면 서로의 등에 비수를 꽂을 정도로 심한 상태였다.

유럽 전체에서 종교전쟁이 벌어지고 있던 시절 1620년 메이플라워호號를 타고 102명의 청교도로 불리는 개신교도가 현재의 미국 보스턴 남쪽에 상륙하여 자신들의 커뮤니티Community를 꾸린다.

이후 유럽에서 새로운 기회를 찾아 떠난 사람들이 합류하여 정착한 곳이 새로운 영국, 즉 New England라 불리는 지역이었다. 우리나라 중심으로 그려진 세계지도에서는 유럽과 미국이 아주 멀리 보이나 실제로는 대서양을 사이에 두고 유럽으로부터 최단 거리에 있는 지역인데, 지금의 메인, 뉴햄프셔, 버몬트, 매사추세츠, 코네티컷, 로드아일랜드의 6주에 걸친 지역이다.

이 지방 이민의 대부분은 신교도 중에서도 가장 엄격한 청교도로, 풍속·습관·사회제도에 있어 근면·검소하고 도덕을 준수하는 생활을 하였는데 교육에도 열의가 있어, 일찌감치 설립한 대학이 지금은 세계 최고의 대학들이 되었다. 하버드 대학을 비롯하여 이 지역에 설립된 8개의 대학을 아이비리그 대학이라 부른다. 모두 다 사립대학이고 역사가 짧은 미국이지만 상대적으로 이 8개 대학은 일찍 세워져 대학의 담장에 오래된 건물에 보이는 담쟁이덩굴Ivy이 자란다는 뜻에서 아이비리그Ivy League라 부른다.

대학이 설립된 순서대로 보자면 하버드Harvard, 1636년, 예일Yale, 1701년, 펜실베이니아University of Pennsylvania, 1740년, 프린스턴Princeton, 1746년, 컬럼비아Columbia, 1754년, 브라운Brown, 1764년, 다트머스Dartmouth College, 1769년, 코넬Cornell, 1865년이다.

아이비리그 대학은 미국인들도 들어가기 어렵고 한국인

들은 들어가기가 더 어렵다. 미국뿐만 아니라 세계의 모든 나라에서 내로라하는 학생들이 입학하고자 하기 때문에 경쟁이 치열하다. 미국의 대학 입시도 수시와 정시로 나뉘어 있다. 기본적으로 전 학년 성적GPA + 적성시험SAT + 자기소개서의 3요소 외에 여러 가지를 종합적으로 본다. 그러면 무엇을 종합적으로 보고 합격 여부를 판단하느냐 하는 것은 대학 입학사정처의 재량이기 때문에 외부에 잘 알려지지 않는다.

우리나라보다 훨씬 대학 입시의 자율성과 재량이 높다. 입시 결과를 놓고 보면 미국인들 중 좋은 고등학교에서 공부도 잘하고 운동도 잘하고 대외활동도 잘한 학생들이 들어가더라 하는 것이다. 그런 사람들이 아이비리그Ivy League 대학을 졸업한다. 미국의 모든 대학에서 가장 인기가 높은 곳은 의대Medical School, 법대Law school, 경영대학원MBA course 이다. 이들의 공통점은 다 졸업 후에 돈을 많이 벌 수 있는 곳들이다. 미국은 학풍과 사회기풍이 실용성을 추구하고 성공한 사람이 신의 은총을 많이 받은 사람이라는 프

로테스탄트적 자본주의 체제를 취하기 때문에 돈을 많이 벌 수 있는 학과가 제일 인기가 높다.

또 대학 등록금이 비싸다. 1년 등록금만 아이비리그 대학 같은 곳은 보통 5만 달러다. 한화 기준으로 대략 6천만 원이고 여기에 방값과 생활비를 보태면 얼마나 될까?

내가 미국 유학을 갔을 때 이해가 가지 않았던 것은 책값이 상상 외로 비싸다는 것이다. 나는 아이비리그도 아닌 중부의 주립대학인 미주리 대학에 국비유학을 간 것이었는데 등록금은 저렴했으나 책값이 2000년도에도 권당 평균 100달러 정도였다. 국내에서는 1만 원짜리 책 한 권으로 한 과목을 때울 수 있어서 5과목 수강하면 책값이 5만 원밖에 안 들었는데, 미국에서는 책값만 한 학기에 기본적으로 60만 원이 나갔다.

그래서 편하게 2019년 기준으로 추산하면 미국 유학이 1년이면 1억 원이라는 대충의 통계가 나온다. 책값이 왜 이렇게 비쌀까 도무지 이해할 수 없었다. 한국에서는 책 도둑은 도둑도 아니었는데 책 한 권을 100달러, 한화 12만 원을 주고 공부를 하다니, 미국이 기회의 나라라고 알고 있었는데 무엇이 기회의 나라라는 것인지?

이런 현상은 결국 웬만한 사람은 공부하지 말라는 얘기와 비슷해진다. 일단 아이비리그 대학을 오지 말고 학비가 저렴한 공립의 주립대학을 가라. 주립대학을 갔지만 공부하려면 책값도 비싼데 생활비도 많이 드니 웬만하면 대학 같은 데 다니지 말고 살면 어떻겠니? 이런 말로 귀결될 수 있다. 서부 시절만 해도 미국의 흑인노예는 아예 글자를 안 가르치고 글을 쓸 줄 알면 처벌하는 경우도 있었으나… 결국 미국도 아이비리그를 졸업한 사람들이 사회의 상층부를 이루고 그 자식들이 다시 아이비리그를 들어가는 계층의 확대재생산이 일어난다.

미국의 상층부를 형성하는 주류는 누구일까?

그 주류 계층은 대부분 백인White +앵글로 색슨계Anglo

Saxon+신교도Protestant이고 이를 줄여 'WASP'이라 한다. 이들이 사회 상층부를 이루고 미국 사회의 여론을 이끌어 나간다.

그런데 초기의 WASP는 약간은 유연한 사고를 가졌던 것 같다. 미국 사회에 인재의 신규 진입이 차단되어 동맥경화를 앓지 않도록 아시아나 유럽, 아프리카에서도 우수한 인재를 이민을 통해 받아들이는 정책을 편다. 아이비리그 대학에 T/O를 할당해 미국 내 저소득 계층도 들어올 수 있게 제도화한다. 그렇게 함으로써 세계 각국에 미국과 연을 가진 인맥을 양성함과 동시에 미국 사회에 새바람을 끊임없이 불어 넣는다. 등록금도 비싸고 책값도 비싸지만 저소득층 중에 똑똑한 학생이 있다면 장학금을 줄뿐더러 각 소수인종에 가점을 주어 입학시키는 소수인종 우대정책 Affirmative Action을 채택해 오고 있다.

미국 사회를 이끈 미국 대통령 중 WASP가 아니면서 대통령이 된 케이스로 케네디 대통령이 있다. 그는 백인이기는 하지만 아일랜드 이민자의 혈통이고 개신교가 아닌 가톨릭 신자였다. 당시 생긴 TV 유세로 잘 생긴 인물과 그보다 멋진 연설로 대통령이 된 것인데, 당시 공고한 WASP의 벽을 뚫고 대통령이 된 것을 보면 보통 사람은 아니 것이 분명하다.

이후 흑인인 오바마가 대통령이 된다. 이것은 WASP의 입장에서는 아주 충격적인 것이고, 세계인의 입장에서는 미국은 진정 자유가 숨 쉬는 기회의 나라라는 것을 증명한 것인데, 오바마나 그의 부인 미셸 오바마는 WASP도 들어가기 어려운 하버드 로스쿨 출신들이다.

최근에 우리나라 경제력이 상승하고 글로벌화가 진행되면서 미국 고등학교로 바로 유학해서 미국 대학을 졸업하고 대학원을 마치는 케이스도 많아지고 있는 것 같다. 기숙사가 있는 사립 명문 고등학교를 졸업하고 리버럴 아트 칼리지Liberal Arts College라는 대학을 졸업한 후 아이비리그 대학원에서 석사나 박사학위를 마치는 코스인데, 이는 미국

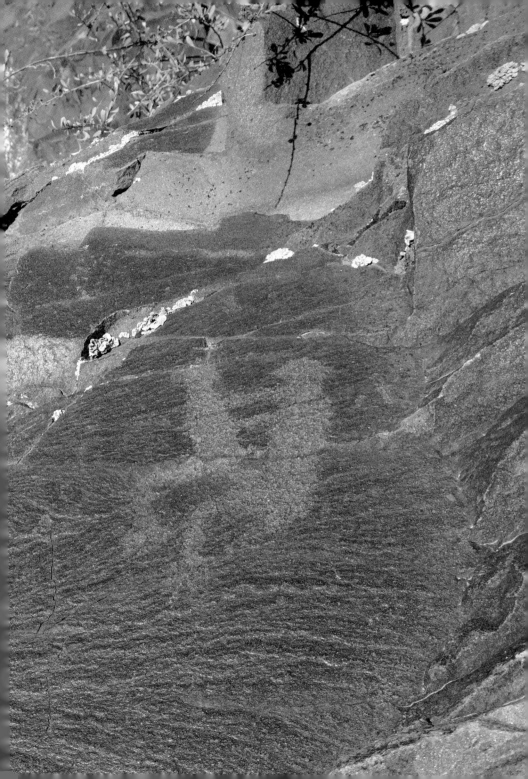

의 상류층에서도 소수만이 할 수 있는 최고의 엘리트 코스이다.

앤도버Andover나 엑시터Exeter 고등학교 졸업 후 앰허스트 Amherst 같은 리버럴 아트 칼리지를 졸업하고 아이비리그를 거친 사람은 미국 내에서도 초 엘리트로 분류된다. 최근 우리나라에도 이런 코스를 거친 사람들이 보이기 시작하는데, 나는 못 나왔지만, 주변에서 많이들 나와서 Global Player 가 되었으면 하는 바람이다.

동부를 개척한 미국인들을 따라 새로 이민자들이 유럽에서 이주하기 시작해 인구가 늘자 미국은 서부를 개척한다. 그 출발점이 미주리 주이다. 지금은 중부로 분류되는 미주리 주 세인트루이스에서 짐을 풀고 서부로 출발한 사람들이 캘리포니아까지 개척한다. 서부로 가는 새로운 중간 종착점 미주리에 온 동부 출신들이 자기 집에 금송아지 있는데 서부를 둘러보러 왔다는 식으로 사기를 쳤다고 한다. 몇 번 당한 미주리 사람들은 언젠가부터 사람을 믿지 않게 되었다. 그래서 미주리 출신이라 하면 미국에서도 아주 의심이 많은 사람으로 알려져 있다.

미국의 50개 주는 주별로 애칭이나 별칭이 있는데 미주리 주는 Show Me State이다. 말로만 하지 말고 보여 달라는 뜻이다. 미국의 서부개척사가 대단한 것이 1804년 첫 선발대로 출발한 루이스M. Lewis와 클라크W. Clark 탐험대는 서부를 탐험하면서 생기는 모든 상황을 본부에 보고하고 동물이나 식물도 채집하여 보냈다. 서부가 안전하고 개척할 만하다는 메시지를 날린 것이다. 이후 지금은 중부 지역으로 칭해지는 이 지역은 시카고를 거점으로 동부, 서부와는 다른 문화의 거대한 커뮤니티를 형성하고 있다.

미국은 프랑스 땅이던 지금의 루이지애나루이왕가의 땅이라 하여 지어진 이름를 사들이고 멕시코와 전쟁을 통해 캘리포니아와 그 주변 지역도 획득해 지금의 미국지도를 확정한다. 금광이 개발되면서 금을 찾아 온갖 사람이 몰려들던 이 지역은 우리에게는 로스앤젤레스L.A.가 있어 친숙하고, 세계적으로

는 스탠퍼드대를 중심으로 한 실리콘 밸리로 더 유명하다.

서부 지역은 동부와 같은 영국식의 전통은 거의 없다. 대학의 교수들도 반바지로 다니고 아시아 계통과 스페인 식민지의 후예들인 히스패닉이 오히려 주류를 이루고 있다. 2차 세계대전 당시 태평양전쟁에 출전할 미국 병사들은 주로 샌프란시스코 항에서 집결하여 배를 타고 떠났다. 미군 당국은 출전할 병사들이 대기하던 샌프란시스코 항의 야영지든 전장에서든 동성애자로 파악된 병사들을 군에서 쫓아냈다. 청교도 국가이던 미국 사회의 당시 분위기에서 동성애자 딱지를 달고는 집으로 다시 돌아갈 수도 없게 된 병사들은 그대로 샌프란시스코에 정착해 버렸고 이후 샌프란시스코는 동성애자의 해방구가 된다.

미국이 베트남전에 참전하고 미국 청년들에 대한 강제 징집이 일어났을 때 전쟁에 반대하는 일부 젊은이는 영장이 나온 날 밤새 축제를 하면서 술 먹고 논다. 그리고 축제의 캠프파이어에 영장을 불태워 버리고는 캐나다로

도망가 버린다. 샌프란시스코에서는 반전 문화와 히피문화가 결합하여 학생들의 저항정신이 버클리 대학과 스탠퍼드 대학을 중심으로 퍼져 나간다. 1967년 스콧 매킨지 Scott Mckenzie가 불러 우리나라에도 유명해지고 세계적으로 히트를 친 '샌프란시스코San Francisco'라는 노래는 서부의 이런 문화를 단적으로 보여 주는 노래다.

"If you are going to San Francisco,
Be sure to wear some flowers in your hair"
샌프란시스코에 가면, 머리에 꽃을 꽂으세요

노랫말대로 머리에 꽃을 꽂은 친절한 사람들이 샌프란시스코에 많고 여름날의 사랑이 기다리고 있다는 가사가 무슨 뜻일까?

위 노래를 부르며 샌프란시스코에 모인 미국의 젊은이들 중에 동부의 영국적 가치를 존중하거나 지키려 하는 사람은 거의 없었을 것이다. 지금 샌프란시스코의 카스트로 거

리는 게이들의 천국이라는 별칭으로 불리고 있다. 이곳에서
WASP를 이야기하면 공감하는 사람이 몇 명이나 있을까?
같은 미국이지만 동부와 서부는 너무나 다르다.

미국의 여 교수님이 말했다.
"애들 앞에서 함부로 내 이름 부르지 마!"

서양 사람들과 처음 만나면 보통 악수를 하고 서로의 이름을 이야기한다. 명함을 받으면 조금 낫겠지만 그렇지 않은 경우 영어로 전달되는 상대방의 성과 이름을 정확히 기억하고 부르기는 쉽지 않다. 명함을 받았을 때에도 상대방을 어떻게 부르는 게 가장 정확하고 예법에 맞는 것일까? 만약 미국 대통령 도널드 트럼프Donald Trump를 소개받는다면 그를 어떻게 부르는 게 제일 무난할까?

나는 서양 사람들은 성과 이름이 있으면 주로 이름을 부르고 심지어 부모한테도 You로 편하게 부르는 게 그들의 보통 예법이라고 배웠다. 만약 내가 미국 대통령을 공식석상에서 처음 만나 "Hey, Donald!"라고 부르면 어떤 일이 생길까? 민주당 대통령을 지낸 빌 클린턴Bill Clinton을 만나 "Hello, Bill!"이라고 부르면 정치색이 다른 클린턴 대통령은 어떻게 반응할까?

나는 2000년에 상대적으로 늦은 나이에 미국 중부에 있는 미주리 주립대학의 경제학과로 박사과정 유학을 떠났다. 미국 대학에서 제일 인기 있는 분야는 졸업 후 가장 돈을 많이 벌 수 있다는 의과대학·로스쿨·MBA인데 경제학개론은 대부분의 대학에서 교양필수 과목으로 지정되어 있기 때문에 수강생이 많다. 그러다보니 경제학과에서는 Teaching Assistant T.A. 티칭 어시스턴트라 불리는 조교를 많이 뽑는다. 조교는 보통 등록금이 장학금으로 나오고 운이 좋으면 약간의 학비를 벌 기회도 생기기 때문에 한국인이나 중국인들이 조교로 많이 지원한다. 어찌 보면 다들 어려운 유학생활에서 조교를 하느냐 못 하느냐는 장학금을 받느냐 못 받느냐의 문제이니 생사여탈의 문제로도 연결된다.

미국 대학의 교수들도 경제학 분야는 하버드나 예일대 같은 동부의 아이비리그 대학은 유대인들이 많고, 미주리 대학 같은 중부권의 대학에는 주로 전형적인 백인 교수들이 주류이고, 중국인 교수들도 약간 있는 편이다. 미주리 대학이 위치한 컬럼비아 시는 중부 지역에 위치한 전형적인 미국의 중소 도시이다. 2시간 거리의 세인트루이스에 흑인 슬럼가가 형성되어 있는 것과는 달리 허드렛일들도 백인들이 할 정도로 백인 중심, 농업 중심의 보수적인 도시이다.

어느 날 경제학과에 젊은 백인 여 교수가 초임으로 부임하여 왔고 초임에 여자 교수라는 점이 가미되어 수업도 무지 열심히 하고 숙제도 많이 내어주시고 했었다. 경제학개론 시험은 1~2학년의 경우는 주로 객관식에다 수학적으로 푸는 문제가 많이 출제된다. 학생들이 많이 듣는 대형 강의라 T.A.들은 경제학 시험이 있는 날이면 시험 감독으로 동원되었는데, 주로 한국인이 다수인 T.A.들은 강의교수님의 지시에 따라 시험 감독을 하고 답안지를 수거하고 채점까지 한다.

이 여 교수님의 시험에 감독으로 동원된 조교들 중 한국인 한 명은 한국 T.A.들 중에서는 영어를 제일 잘한다고 알려져 있었는데 시험장에서 교수님의 성과 이름 중 이름페트리샤, Patricia라고 기억된다을 그날따라 유독 많이 부르며 친한 척을 했다. 사실 그 둘은 한국인 조교가 나이가 더 많고 둘이 그렇게 친할 만한 사이는 아니었는데 그날따라 조교가 "Hey, Patricia"라고 몇 번이나 부르면서 약간은 교수와 대등한 듯 대화를 했다고 한다.

그러자 시험 감독 중 이 페트리샤 교수님이 그 조교를 복도 밖으로 불러내어 말했다.

"학생들 앞에서 내 이름, 즉 First Name을 함부로 부르지 마라!"

너는 박사과정 학생이고 조교로서 시험 감독을 하는 것이지 나랑 친구가 아니다. 그러니 함부로 페트리샤Patricia라

고 부르지 말고 Professor라 부르라고 경고를 주었다고 한다. 이를 어길 경우 학과장에게 보고하여 너의 조교 자격을 박탈하고 기타 불이익을 주겠으니 알아서 행동하라고 미국인답게 한 번 더 압박을 가하였다 한다. 황당하기도 하고 분하기도 하여 씩씩거리는 한국인 조교와 동병상련의 커피를 마시면서 한편으로는 자유분방하다고 알려진 미국인들이 성과 이름, 즉 First Name과 Family Name을 구분하여 사용한다는 것을 보고 무지 놀랐다.

톰 크루즈 Tom Cruse와 존 람보 John Rambo가 만났을 때 일반적인 미국인들은 서로 '톰'이라 부르라고 하거나 '존'이라고 부르라고 한다. 그런데 약간 공식적인 석상에서 처음 만나거나 위치가 있는 사람들의 첫 만남이라면 반드시 그의 성을 따라 'Mr. Cruse'라고 얘기를 시작하고 'Mr. Rambo'라고 불리기를 원한다. 서로 적의가 없다는 ice breaking이 일어나고 난 다음 '톰'이라고 부르라거나 '존'이라고 부르라고 한다. 존대어가 미국어에는 없지만 'Sir'라는 말은 아직도 존재하고 영어의 문체나 말의 어투에는 존대어가 남아 있다.

도널드 트럼프Donald Trump를 처음 만나 필자가 "Hey, Donald!"라고 부르며 어깨를 툭 쳤다면 당장 미국 대통령의 트위터에 나의 행동이 자기가 겪은 황당 사건 1호로 올라갈지도 모를 일이다. 'Mr. Trump' 또는 그보다는 그의 직책을 불러 'Mr. President'라고 부르는 게 정중하고 무난한 호칭이다.

우리나라는 '홍'씨 성에 '길동'이라는 이름을 가지고 있으면 보통은 '홍길동' 씨라고 부른다. 처음 만나서 그냥 '길동'이라고 부르는 것은 친인척 관계를 제외하고는 거의 일어나지 않는 일이다. 요즘은 '홍길동' 씨도 달가워하지 않는 사람들이 많아 '홍 선생님'이라고 부르거나 그냥 '홍 사장님'이라고 높여서 불러준다. 부모가 주신 이름, 본명은 진짜 귀한 것이기 때문에 족보에 곱게 올려놓고 어릴 때는 천하게 '개똥이' '소똥이'라는 아명兒名으로 부르다가, 성인이 되면 대외적으로 '자字'라는 이름을 가지고 활동하고, 더 나이가 들면 '호號'를 지어 서로 호칭하는 것이 옛날 유교권 선비들

■ 몽골 알타이지역 바가 오이고르 ⓒ 김호석

의 풍습이었다.

예를 들어 추사체秋史體로 유명한 김정희金正喜를 찾아보면, 본관은 경주, 자字는 원춘元春, 호는 추사秋史, 이런 식으로 대부분 나온다. 우리가 아는 대부분의 조선 선비는 당시에 사회생활을 하던 이름, 자字가 있고 나이 들어 호號로 서로를 통성명했으며 본명은 족보에 모셔 놓고 있었다.

그 문화가 남아 우리나라는 함부로 남의 이름을 부르지 않을 뿐만 아니라 연장자가 누구인가가 아주 중요한 일이다. 나이 어린 직장 상사가 직급이 높다고 나이 많은 부하직원을 함부로 칭하는 것은 예의를 모르는 막돼먹은 사람으로 분류된다. 현재의 직장에서 명퇴를 당했을 경우 다른 직장에 가서 나이 어린 사람들을 직장 선배로 다시 모셔야 하는 상황은 한국 직장인으로서는 아주 고통스런 상황이다.

그래서 사실은 우리나라 기업문화는 일본처럼 종신고용이 선호되는 편이다. 미국은 A 회사에서 B 회사로 옮겨 가더라도 보통은 나이에 상관없이 '톰' '존' 하고 서로 부르기 때문에 호칭에 따른 스트레스가 적은 편이다.

그런 미국 사회도 예절이 바르다고 알려진 동방예의지국에서 온 학생이 학부 1~2학년생들 앞에서 'Professor'라고 부르지 않고 "Hey, Patricia"라고 맞먹듯이 부르는 데 자신의 권위가 깎였다고 화가 났었던 것 같다.

일반적인 미국인들은 성 대신 그들의 이름이 불리는 것에 크게 민감하지는 않은 것 같다. 그런데 미국의 박사학위 논문이나 주요한 공식기록을 보면 항상 성부터 쓰고, 콤마를 쓰고 이름이 나온다. 예를 들면 박사학위 논문의 저자라면 참고문헌에 기록될 때는 'Donald Trump' 대신 'Trump, Donald'라고 쓰는 것이다.

프랑스는 어떨까? 프랑스어에는 존대어가 있다. '너'라고 할 때는 'Tu튀'라고 얘기하지만, '당신'이라고 높여 부를 때는 'Vous부'라고 호칭한다. 'Vous부'라고 서로 부르다가 친해지면 서로의 동의하에 'Tu튀'라고 부른다. 'Tutoyer튀타예,

tu라고 부르기'라고 우리나라 말로 니네도리 하면서 친구 먹는 것이 가능해지는 것이다.

프랑스어에서 가장 많이 쓰이고 이것만 알아도 생존이 가능한 단어는 'S'il vous plaît실부플레'이다. 영어로 Please 라는 말인데 심지어 내가 레스토랑이나 커피숍에서 음식을 시켜도 종업원에게 '실부플레'라는 말을 많이 쓴다. 함부로 'Tu뛰'라고 하지 않는다.

내가 만일 도널드 트럼프Donald Trump랑 친해지면 그를 어느 정도까지 부를 수 있을까? 그가 허용한다면 '도널드 Donald'라고 부를 수 있을 것이고, 더 친해지면 '도널드 Donald'의 애칭인 'Don' 또는 'Donny'라고 부를 것이다. 그 정도까지 부를 수 있는 사람이 과연 한국에 있을까?

내가 간혹 나가는 테니스 클럽에는 일본인이 있다. '다찌바나 히로꼬' 씨인데 한국에 시집와서 테니스도 잘치고 우리나라 말도 아주 잘 하는 40대이다. 클럽에서는 '히로꼬'로 불리고 처음 소개받는 분들도 그냥 '히로꼬'로 부른다. 내가 소개받고 한동안은 일본식으로 그녀를 존중하는 호칭인 '다찌바나상'이라고 불렀다. 어느 날 그녀는 자기를 정중하게 불러주어 너무 고맙다고 했다. 한국에 시집와 일본풍을 고집할 수 없는 처지에 자기를 존중해 주는 호칭을 해주어 너무 고마웠고 앞으로는 '히로꼬'로 불러달라고 했다.

나는 미주리에서의 에피소드와 파리에서의 생활에서 동서양을 막론하고 관계의 시작은 적정한 호칭임을 깨닫고 혹시나 해서 그녀의 성인 '다찌바나'에 일본인들이 존대의 의미로 붙이는 '상'을 붙여 '다찌바나상'이라고 불렀을 뿐인데….

동서양에 공통으로 처음 만났을 때 연령과 지위고하를 막론하고 성인 남녀의 이름을 너무 쉽게 부를 일이 절대 아니다.

수출〉수입, 수출=수입, 수출〈수입 중
바람직한 것은?

①수출〉수입 ②수출=수입 ③수출〈수입. 이 중에서 가장 바람직한 것은 무엇일까? 이 문제는 필자가 초등학교 6학년 쯤에 사회문제로 나왔던 것이다. 대부분의 친구들은 의심의 여지없이 ①번을 찍었다. 국가경제는 집안경제의 확장이고 한 가정이 잘 유지 되려면 수입보다 반드시 적게 쓰고 저축을 하지 않으면 안 되듯이 국가도 경제발전을 위해서는 수입은 적게 하고 수출을 많이 해야 한다는 것이 당연한 논

리였다. 미시경제학인지 거시경제학인지 들어보지도 못했지만 수입보다는 수출을 많이 해야 국가가 부강해지는 것이고 국민 모두는 근검절약해야 한다는 사명감이 있던 시절이었다. 당연히 수출기업은 애국자이고 양담배를 피우는 자는 사기꾼, 외제차를 모는 것은 매국노이니 세무사찰로 부정하게 모은 돈과 정신을 개조해야 한다는 공감대가 모든 국민들에게 당연시 되던 시절이었다.

그런데 그 시험문제의 정답은 ②번이었다. 수출과 수입이 동일해야 하다니…. 군사부君師父 일체가 우리 사회의 정신을 지배하던 시절이기도 하였고, 또 잘못 질문하면 선생님께 얻어맞기도 하던 시절이라 감히 선생님 눈을 맞추기도 힘들었지만, 학생들은 수출이 수입보다 많아야 하는 것이 아니냐고 질문하였다. 워낙 많은 학생이 틀리고 질문을 하니 선생님도 당황스러우셨고 설명도 학생들의 머릿속에 명쾌하게 들리지 않았다. 전과지금의 학습 참고서에는 ②번이 정답으로 되어 있다고 그 당시 누가 얘기했지만, 대학을 가서도 왜 ②번인지 그 전과가 잘못되지 않았을까 하는 의심이 계속 들었었다.

386세대인 필자는 지금은 초등학교라 불리지만, 국민학교를 다녔다. 〈국민교육헌장〉이라는 것을 학교에서 시켜서 외웠고, 간혹 호랑이 선생님들은 못 외우는 애들을 때리기도 하였다. 아니 팼다는 표현이 더 정확한 묘사일 것 같다. 〈국민교육헌장〉의 서문 "우리는 민족 중흥의 역사적 사명을 띠고 이 땅에 태어났다." 그리고 중간 부분에 " …나라의 융성이 나의 발전의 근본임을 깨달아 … " 그런데 감히 양담배를 피고 외제차를 몰다니! 이는 천인공노할 일이었고, 애국시민이라면 무조건 국산품 애용과 내핍을 통해 수출입국輸出立國에 기여해야만 했다.

가령 어떤 이가 섬유공장을 차려 돈을 많이 벌었다. 나는 못 배운 피아노, 바이올린도 애들에게 가르치고 간혹 양주도 마셔본다. 외제차가 좋다니 벤츠를 사고 싶어도 주위의 시선이 곱지 않다. 혹시 밉보여 세무조사를 받는 것이 아닌지, 거들먹거린다고 은행에서 대출을 끊어버리지나 않

■ 몽골 알타이지역 하르 살라 '말과 소녀' 탁본 ⓒ 김호석

을까 머리가 복잡해져 그냥 현대 그랜저 검정색으로 정해버린다. 갑자기 마음이 편안해진다.

해외여행은 허가받은 특권층 몇몇만 가는 건 줄 알았는데, 88올림픽이 열려 세계화의 물결이 몰려오더니, 그 다음 해부터 해외여행이 자유화 되었다. 바깥세상은 호기심 천국이고 집의 부모님과 애들이 좋아할 물건이 너무 많아 가져가는 길은 힘들지 모르나 좋아할 얼굴이 떠올라 그냥 지나칠 수가 없다. 면세 한도를 조금 넘기기도 하고 라벨을 떼기도 하고 의지의 한국인답게 내 집에 귀국 선물 보따리를 들고 산타클로스처럼 멋있게 나타난다. 집안 식구들 얼굴에 화색이 돈다. 이런 간단한 인지상정을 경제학에서는 welfare라는 어려운 말로 쓰고 있다. 후생 또는 복지라 번역되고 우리나라 5천만 국민의 얼굴에 화색이 돈다면 후생함수의 증가가 있다고 그럴듯하게 표현한다.

해외수입이 증가한다는 것은 중간재를 가져와 가공해 수출하는 것도 포함되고 최종소비재를 가져와 우리 국민이

소비한다는 것도 포함된다. 최종소비재 속에는 비싼 핸드백도 들어가고 다이아몬드도 들어가지만 약품도 포함되고 아이들 필기구도 포함된다. 경제가 어느 정도 성장하고 난 다음에는 수입이 수출과 엇비슷해지는 것이 국민의 후생에 도움이 되는 것이고 국내기업의 경쟁력에도 도움이 된다.

빗장을 걸고 국산차만 보호하여 독일차를 막았다면, 보기 싫다고 일제차를 때려 부쉈다면 현대차가 미국과 중국에 진출할 수 있었을까? 국산품만 애용하자는 문화가 우리 정신을 지배했다면 마카롱 같은 프랑스 과자나 유럽빵들은 구경도 못하고 이스트에 부풀은 밀가루에 방부제가 듬뿍 첨가된 빵들이 빵의 전부인줄 알고 살아가고 있을지도 모른다.

필자는 말은 이래도 아직도 몸은 국산품이 더 체질에 많게 교육받았지만, 〈국민교육헌장〉이 무엇인지 모르는 우리 자식세대는 그렇게 피와 땀으로 악으로 깡으로 살기보다는 원대한 식견을 가지고 글로벌한 세상을 살면서 민족 중흥을 일으키는 것이 더 낫지 않을까 한다. 그래서 그들이 우리 부모세대가 우리에게 물려준, 세계 195개국 중 12위라는 훌륭한 성적표보다 더 나은 성적표를 만들어 낼 수 있게 여건을 만들어 주는 것이 지금의 우리에게 부여된 민족 중흥의 사명이 아닐까 한다.

2017년 8월 3일자 한 메이저 신문에는 〈해외서 한번에 67만 원만 카드 긁어도 관세청 통보〉라고 기획재정부의 세제개편안이 헤드라인으로 경제면에 상세히 나와 있다. 관세청에 통보해서 어쩌자는 것일까? 초·중학교 시절 반에서 떠들던 학생들 이름을 반장이 칠판에 적어 놓으면 호랑이 선생님들이 빠따치던 시절이 생각난다. 관세청은 67만 원 이상의 카드를 긁은 대한민국 국민들한테 어떤 빠따를 칠 것인가? 그 신문을 직접 인용하자면 "기재부 관계자는 '해외에서 비싼 물건을 자주 사거나 관세신고를 제대로 안 하는 사람을 명단화해서 상시적으로 감시할 수 있게 될 것'이라고 말했다."

나라가 부강해지고 세대가 변하여 1년에 남녀노소 약 2

천만 명이 해외에 나가는 시절이다. 기재부 세제실은 5천만 대한민국 국민 중 2천만 명의 카드 내역을 들여다보려 하는가? 67만 원에는 인터넷으로 해외상품을 직접 구매하는 것도 포함된다고 한다.

우리 젊은이들이 민족 중흥을 이루기 위해 공부해야만 하는 해외원서는 비싸다. 지적재산권 보호 때문에 80년대와 같이 해적판을 구해 볼 수도 없다. 보통 권당 100달러 이상이다. 개정되는 세법이라면 원서 6권만 아마존에서 사도 그대는 블랙리스트에 올라간다.

여행자의 면세한도(600$)를
상향해야 한다

"드디어 우리가 한 번도 갖지 못했던 자유를 얻었다."

쿠바 수도 아바나에 사는 라모나 모레노(61세)는 14일(현지시간) 이민청 앞에서 여권을 새로 발급받은 뒤 이렇게 외쳤다. 평생 레스토랑에서 일해 온 그는 이민청 직원을 붙잡고 "비자 없이 갈 수 있는 나라가 어디인지 말해 달라."며 감격스러워했다. 북한과 함께 지구상의 마지막 폐쇄적 공산주의 국가로 분류되는 쿠바에서 반세기만에 해외여행이 자유화됐다. 쿠바 정부는 이날 여권을 가진 국민이면 누구나 자유롭게 출국할 수 있도록 해외여행 규제를 완화했다고 AFP 등 주요 외신이 보도했다. 해외여행 러시를 예고하듯 아바나의 여행사와 이민청 앞에는 어린이부터 노인까지 긴 줄이 이어졌고, 외국 대사관에도 비자 발급 문의 전화가 빗발쳤다고 뉴욕타임스(NYT)는 전했다.

_한국경제(2013년 1월 15일)

위는 사회주의혁명공화국을 표방한 쿠바에서 있었던 일을 외신이 보도하고 그것을 국내 언론이 인용한 것을 필자가 재인용한 것이다. 해외여행을 할 수 있게 여권을 쿠바 국민 누구에게나 발급한다는 것이 그렇게도 혁명적인 일인가? 중세 봉건영주시절에 농노에게는 거주 이전의 자유가 보장되지 않았다. 봉건영주와의 관계에서 반은 자유인, 반은 노예 비슷한 사람이었기에 여행자는 대단한 권력자이거나 도망자이거나 둘 중의 하나였다. 그래서 외지 여행객을 만나면 신기하기도 했지만, 문제가 있는 사람이 아닌가 하고 의심의 눈초리를 거둘 수 없는 상황이었다. 서양문화에서 처음 만난 사람들끼리의 서먹함과 적대감을 없애버리는 ice breaking이라는 것은 그런 문화적 유산이 아닐까 하고 조심스럽게 생각해 본다.

우리나라는 어땠을까? 고려는 Korea라는 이름이 유래했다고 할 정도로 개방적인 무역국가였지만, 조선에 와서는 대외상거래마저도 자유롭지 않았던 것으로 보인다. 사대교린事大交隣이 외교정책이었으니 큰 나라 중국은 잘 섬기고 북쪽 오랑캐와 남쪽 왜는 싸우지 않을 정도로 친하게만 지내면 되는 정도였다. 무역이라는 것도 활발하지 않으니 중국황제에게 조공하고 대가로 받는 것이 유일한 무역통로이고 그 사신 행렬에 적당히 거래하는 사무역이 있었을 뿐이다.

특히 왜구의 침입이 심해지면서 한반도 주변 섬들이 왜구의 교두보 비슷하게 되자 섬을 비우는 공도空島정책이 시행되면서 우리 선조들은 국제화, 개방화를 포기하게 된다. 1796년 정조시대, 제주도의 기생이자 당시 제주 최고의 갑부였던 만덕이 두 번에 걸친 흉년에 구휼미를 풀어 상당수

제주도민의 목숨을 구했다 한다. 제주목사가 그 공덕을 조정에 보고하고 정조가 친히 상을 내리려 하자, 제주기생 만덕은 하사품이 아니라 제주를 벗어나 궁궐을 보고 금강산 유람을 허하여 달라는 청을 정조에게 올린다.

보통 정통성이 없거나 국민을 통제하고자 하는 정부는 통신을 통제하여 감청을 하거나 국내외 소식이 교류되는 것을 원하지 않는다. 외신이 들어오는 것도 막고 국내 소식이 여과 없이 나가는 것도 통제한다. 특히나 사람이 밖에 나가서 해외문물을 직접 몸으로 익히고 나면 쓸데없이 비판세력으로 성장할 우려가 있기 때문에 괜히 모험을 할 필요가 없어진다.

우리나라는 1989년 1월 1일에 해외여행 자유화를 단행했다. 88올림픽 개최 이후 국제화에 눈을 뜨게 된 정부가 위로부터의 개혁을 벌인 것이다. 그전까지는 50세 이상인 국민에 한하여 200만 원짜리 은행예금을 담보로 들어놓고, 반공교육을 받은 후, 1년에 1번 나갈 수 있는 관광여권만 부여하다가 누구나 다 나갈 수 있게 바꾼 것이다. 체제의 자신감이 생긴 것이기도 하고, 88올림픽 후 국제화라는 시대적 흐름을 제대로 수용한 것이라 할 수도 있다. 해외여행 자유화 직전인 1988년 약 72만 명에 불과했던 해외여행자 통계는 2016년에는 약 2,200만 명에 육박하게 된다. 우리나라 인구증가를 감안하더라도 가히 경이적인 증가이다. 〈꽃보다 할배〉라는 해외여행 프로는 최고의 인기 프로이기도 했다.

여행을 가게 되면 해외에서 돈을 쓰게 되어 있다. 호텔과 식사를 위해서도 지출을 하지만 집에 있는 처자와 부모님이 눈에 어려 사게 되고, 국내에서 못보던 물건들이 있어 지갑을 열고, 백화점보다 훨씬 싸니 지름신이 강림한다. 정부는 국내산업 보호를 위해 관세를 부과한다. 국내외 상품의 이동을 그냥 방임하면 보따리장수부터 기업형까지 등장하여 국내산업이 무너질 수 있기 때문에 평균 10% 이상의 여러 가지 이름의 관세를 관세법에 따라 부과한다. 해외여행객에 대해서는 여행에서 사가지고 오는 휴대품에 대해서 면세 범위를 정해주고 그 이상을 넘으면 관세를 부과한다. 이는 국내산업 보호 외에 세수확보라는 두 번째 목표도 충족하고 조세정의에도 맞는 것처럼 보인다.

현재 우리나의 해외여행객은 600$ 이상의 물품을 사면 관세법상 면세 범위를 초과하기 때문에 세관에 자진 신고를 하여야 한다. 술 1병, 향수 60ml, 담배 200개비는 600$의 범위에 들지 않는다는 친절한 설명이 귀국시 제출해야 하는 〈여행자휴대품신고서〉에 있다. 그리고 신고서의 맨 밑에는 신고를 하지 않거나 허위신고의 경우 5년 이하의 징역 또는 물품유치, 몰수 등 불이익을 받게 된다고 붉은 글씨로 쓰여 있다.

해외여행이 자유화된 1989년에는 면세 범위가 1인당 원화 30만 원이었다. 환율이 가변적이니 1996년부터는 면세 범위를 1인당 미화 400$로 바꿨다. 너무 적다는 여론이 계속 터지자 2014년 9월에 600$로 상향했다. 1989년의 우리나라 1인당 GNP는 약 5,400$였다. GNP가 GDP로 바뀐 이후 2015년의 우리나라 1인당 GDP는 약 28,000$이다. 소득도 4배로 오르고 그에 상응하여 물가도 올랐을 텐데, 면세 한도는 200$ 오르고 말았다.

　세상 이치에서 가장 중요한 것 중 하나는 비례의 원칙이 아닐까 한다. 경제규모가 커지고 소득이 늘면 자연적으로 소비가 늘어난다. GDP가 늘면 면세 범위도 그와 비례하여 늘리는 것이 논리적이지 않을까? 여행객 수는 그보다 훨씬 더 늘었다. 올해에도 600$ 어치를 넘는 휴대품을 가지고 오는 2,000만 명의 대한민국 국민 중 누구든 세관 검색대에서 걸리기만 하면 5년 이하의 징역을 받을 수도 있다. 검색대를 통과하는 10미터 남짓한 곳에서부터 항상 심장이 두근거리고 조마조마해진다.

빨주노초파남보 무지갯빛 얼룩말 찾기,
UN주최 세계대회와 한국팀의 대응

지구 전체에 무지갯빛 털을 가진 단 한 마리의 얼룩말이 있다고 한다. 자연상태의 보통 얼룩말들 무리에서 뭔지 모를 돌연변이로 태어났다고 하는데, 미학적으로도 대단하지만 인류에게 꼭 필요한 생물학적 정보를 가지고 있다고 판단한 UN의 수뇌부가 이 얼룩말을 한시라도 빨리 찾아내기 위해 세계대회를 열었다.

195개 UN회원국 중 10일 안에 얼룩말을 산 채로 UN본부에 데리고 오는 나라가 우승을 하는데, 국가 간에 무력은 쓰지 않되 국가가 가진 모든 자원의 활용에는 서로 책임을 묻지 않는다. 우승상금은 UN에서 지불하고 명예의 전당에 우승팀의 이름을 남겨 인류공영에 기여한 영웅으로 후세에 전한다는 조건까지 붙였다.

이 공고가 뉴스와 외교전문을 타고 각국의 정부수반에 알려지자마자 세계 각국은 특별팀을 꾸려 무지갯빛 얼룩말을 찾아 나서기 시작한다. 먼저 영국은 세계지도를 펼친다. 대영제국의 어디에 이런 말이 살고 있을까? 지도를 꼼꼼히 살펴보기 시작한다. '종의 기원'을 비롯하여 다윈이 남긴 생물학적 자료를 다시 한번 리뷰하는 팀 외에 왕립협회의 자연과학자들이 자문역으로 경험과 머리를 보탠다. 캐나다, 호주 등 영연방국가에 긴급전문이 날아가고 인도를 비롯하여 과거 식민지 국가에도 협조를 구하기 시작한다.

미국은 백악관에 지휘부를 구성하고 드림팀을 꾸린다. 얼룩말 찾기대회의 우승은 새로운 생물종을 발견하여 바이오 정보를 획득하는 경제적 가치와 그것이 인류의 질병치료로 이어진다는 인도주의적 가치, 그리고 마지막으로는 반드시 미국이 발견하여 세계경찰국가World Police Country라는 것을 UN 회원국에 인식시켜야 향후 미국의 세계운영전략에 유리하다는 공감대를 지도자그룹에서 형성한다. 그리고 가용자원을 활용하기 시작하여 우주에 떠 있는 군사위성과 상업위성까지 다 동원하여 지구 전체를 찍어낸다. 자료분석에는 NASA까지 합세하여 AI를 이용하여 샅샅이 살펴본다. CIA는 세계 각국의 지부를 비상가동하기 시작한다. 평소 구축해놨던 휴민트 조직을 동원하여 정보를 수집하고 통신감청도 시작하고 유사시 특수공작을 감안한 Plan B도 수립한다.

중국도 움직인다. 중국이 보유한 인공위성과 우주선을 활용하여 위성사진을 분석하기 시작하고 중국 내 55개 소수 민족을 동원하여 히말라야와 고비사막을 샅샅이 뒤져본다. 중국 지도부는 마지막으로 화교벨트를 가동한다. 세계 각국의 화교들, 아프리카 오지에서 중국집을 운영하는

화교에게까지 긴급 지령을 보내 주요 단서나 정보를 중앙에서 수집하기 시작한다. 중국 정부는 이런 모든 정보의 전달 시 미국이나 영국의 도청을 방지하기 위해 중국인이 창업한 yahoo만 쓰고 만다린으로만 통신한다.

프랑스도 경쟁에 뛰어든다. 프렌치들은 UN공고 후 다음날 늦은 아침에 모인다. 먼저 엊저녁에 마신 포도주와 파티에 관해 얘기를 하고, 어차피 이 게임에서 프랑스가 우승할 것이니 먼저 샴페인부터 들자고 제안하여 당일 저녁 파티 장소와 와인을 고르고 파티복을 어떻게 할지 드레스 코드를 정하는 회의가 온갖 가십에 대한 수다로 이어진다.

아시아 맹주라 자처했던 일본도 이 대회에 뛰어든다. 한때 전 세계를 상대로 전쟁을 벌였던 국가답게 인적 물적 정보망을 동원하여 각국 움직임을 살펴보고 총리산하 내각 조사실에서 판단을 내린다. 미국이나 중국보다 빨리 발견할 가능성이 없다. 가미가제도 안 통하는 시대다. 그런데 UN공고문의 허점을 외무성 관료가 발견해 낸다. 얼룩말을 하나

구한 뒤 빨주노초파남보 빛 특수안료를 만들어 내고 털을 하나씩 하나씩 이식하는 작업을 하기 시작한다. 일본이 보유한 바이오 기술을 동원하고 노벨화학상 수상자들이 가세한다.

대한민국도 대통령 특별지시로 이 대회에 총력전을 펴기로 결정한다. 먼저 외교 라인이 움직여 특별 T/F를 구성한다. 바로 국무총리와 대통령 결재를 받으려는 찰나, 기재부, 산자부, 행안부가 반대를 한다. T/F구성안과 임무 내용 중 얼룩말 찾기와는 관계없는 외교부 조직과 정원 확대, 관할 대사의 Kotra지사, 해외금융기관의 지휘권 확대 방안과 같이 부처이기주의 정책들이 들어가 있고 외교부가 독단적으로 비밀리에 결재를 득하려고 한 사실이 발견되었기 때문이다.

갑론을박 끝에 총리가 위원장인 〈얼룩말 찾기 범정부 민관합동위원회〉를 구성하기로 결정이 난다. 민간위원에 누구를 뽑을 것인가 민간위원장의 위상은 장관급이냐 총리급이

냐를 가지고 논쟁이 붙기 시작한다. 여당 추천, 야당 몫, 노동계 T/O, 여성 할당과 지역 안배를 감안한 위원회 구성 후보안이 겨우 마련된다. 이 와중에 누군가 또 아이디어를 낸다. 전체위원회와는 별도로 실무위원회가 있어야 일이 신속하게 돌아가니 실무위원회와 분과위원회를 만들자는 의견이 채택 된다. 총무위원회, 1분과위, 2분과위를 만들고 국회와 언론담당 대외위원회를 만든다. 그리고 위원과 위원장 후보를 언론에 슬쩍 흘려 간접적으로 반응을 떠본다. 전문성과 도덕성을 검증하는 데 3박 4일이 지나간다. 비방과 질시가 난무하다가 안되겠다 싶어 다같이 폭탄주로 단합을 도모하는 회식부터 하기로 결정한다. 회식 장소와 위원들 간의 의전서열을 감안한 좌석배치 같은 것들을 검토하던 중에 UN에서 우승국을 발표하는 것을 CNN을 통해 듣는다. 이후에 언론과 SNS에 무엇이 잘못되었는지 누가 잘못했는지에 대해 특집보도로 광풍이 불고 지나간다.

　정부의 정책결정이 개인이나 기업의 의사결정보다 훨씬 중요하다는 것은 이론의 여지가 없다. 정책결정은 이슈에

대한 현황과 원인을 분석한 후 가능한 대안을 선별하고 각
각의 장단점을 따져본 후 최적안을 선택하는 것이 가장 바
람직하며 이를 정책학에서는 합리모형에 따른 의사결정이라
한다. 그것이 현실적으로 어려울 때 만족할만한 수준으로
결정된다면 이는 만족모형이고, 가장 황당한 것은 주먹구구
식 또는 감에 의한 결정이다. 감이 엉뚱한 경우 국가적 재
앙이 생길 수도 있다.

　신정부 출범 후 언론을 장식한 원자력발전을 하느냐 마
느냐에 관한 정책결정을 볼 때 우리나라가 과연 GDP 세계
13위에 걸맞은 나라인가 하는 의구심이 든다. 원자력 발전
에 관해서는 이미 〈원자력안전법〉에 원자력위원회에서 원전
의 경제성과 안전성을 검토하고 원자력 발전여부를 결정하
게 되어 있다. 그리고 그 법은 국민의 대표인 국회에서 제정
한 것이다. 그런데 갑자기 원자력 공론화위원회라는 것이
등장하고 시민참여단이라는 것이 나타나더니, 찬성과 반대
로 여론이 나뉘어져 나라가 한동안 시끄러웠었다. 그러다가
시민참여단이 원자력을 잘 모르니 원자력관련 공부를 시킨
후 투표로 탈원전 관련 결정을 하는 선례를 남겼다.

그 결정마저 국가의 장기적 전체 에너지정책에 부합된 원자력종합계획이 아니라 원자력 5, 6호기에 단발성으로 적용되는 것이라 한다. 국가에너지 대책과 관련된 원자력정책은 참으로 중요한 것인데 이런 식으로 의사결정해야 하는 것인가? 대한민국의 미래를 설계해야 할 중차대한 결정들이 앞으로도 많다. 이런 정책들도 〈빨주노초파남보 무지갯빛 얼룩말찾기, 범정부 민관합동위원회〉를 구성해서 결정할 것인가?

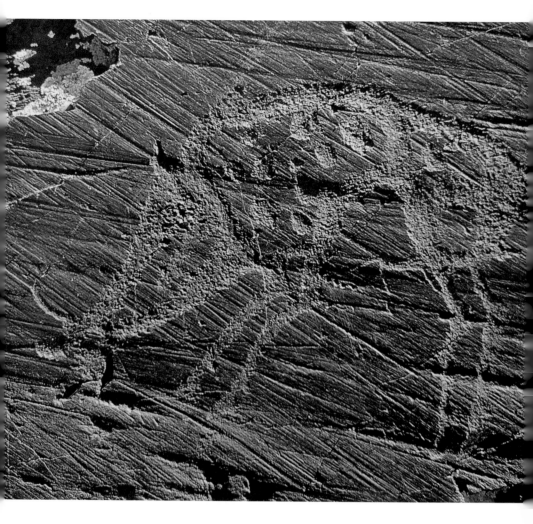

▲ 몽골 알타이지역 슈베트 하이르항

Epilogue

어떻게 보면 하찮은 내용을 주저리주저리 쓴 글들이다.
책 읽은 시간도 아깝고 종이와 잉크라는 자원을
낭비한 것 아니냐는 소곤거림이 들리는 것 같기도 하다.

그래도 한번 엮어 봤다.
어느 이름 모를 도서관에 장서용으로라도
꽂힐 수 있다면 다행이라는 희망을 느끼면서.

꼰대는 어디서 와서
어디로 가나

초판 1쇄 발행 2022년 5월 30일

글 박장호 / **사진** 김윤태 / **발행인** 김윤태 / **교정** 김창현 / **북디자인** 디자인이즈
발행처 도서출판 선 / **등록번호** 제15-201 / **등록일자** 1995년 3월 27일
주소 서울시 종로구 삼일대로 30길 23 비즈웰 427호 / **전화** 02-762-3335 / **전송** 02-762-3371

값 15,000원
ISBN 978-89-6312-618-0 03810